A

Du Noir au Sud
est une collection des Éditions Cairn
dirigée par Sylvie Marquez

Du Noir au Sud est une collection de polars qui nous transporte dans le Sud, ses villes, ses villages, à la découverte des habitants, de leurs traditions, leurs secrets.
Son ambition : dessiner, au fil des ouvrages, un portrait d'ensemble de la région, noirci à coups de plumes tantôt historiques, ou humanistes, parfois teintées d'humour, mais où crimes et intrigues ont toujours le rôle principal.

Dans la même collection

Alarme en Béarn, Thomas Aden, 2013
Coup tordu à Sokoburu, Jacques Garay, 2013
Trou noir à Chantaco, Jacques Garay, 2013
Estocade sanglante, Jacques Garay, 2014
L'assassin était en rouge et blanc, Poms, 2014
Les gens bons bâillonnés, Jean-Christophe Pinpin, 2014
Notre père qui êtes odieux, Violaine Bérot, 2014
Ultime dédicace, Thomas Aden, 2014
Ville rose sang, Stéphane Furlan, 2014
Mourir à la San Fermín, Alejandro Pedregosa, 2015

Éric Becquet

Le 9 bordelais était chargé

Illustration de la couverture : © Djebel
ISBN : 978-2-35068-383-6 / ISSN : 2275-2331

Éric Becquet

Le 9 bordelais était chargé

éditions Cairn

A Jean-Louis Aigu,
Olivier Schwarz
et Stéphane Santini,
partis trop prématurément.

Le gyrophare de l'ambulance diffusait encore par intermittence ses éclats bleus dans la nuit.

– Double fracture tibia péroné, multiples ruptures ligamentaires et grosse chute de tension. Il n'est pas très bien votre bonhomme. Fin de partie on dirait, jeu set et match…

L'anesthésiste transformait son diagnostic en pronostic. Sur la civière, le drap recouvrant le grand corps ébène meurtri dans sa chair laissait apparaître de larges taches d'un rouge noirci. Le pied droit, recouvert d'une chaussette bleu marine, pendait dans le vide.

Dans le fracas des portes battantes, le chirurgien toisa le jeune réanimateur.

– On se passe de vos plaisanteries saumâtres Grégoire, arrêtez vos blagues d'ambulancier. Préparez-vous plutôt pour le bloc. C'est moche ! Et pour votre gouverne, c'est un footballeur, pas un tennisman !

– Désolé, désolé… Vous savez, moi, le foot, doc… Ça ira, il va s'en sortir vot'client. Comme d'hab, vous allez recoller les morceaux.

Le jeune interne anesthésiste, badgé Grégoire, s'exécuta et commença à préparer son matériel.

Le chirurgien leva les sourcils. Il s'habillait, tentant, malhabile, de glisser le masque médical sur sa bouche. Il avait un mal de chien à l'attacher. Ce n'était pourtant pas la première fois. Il grommelait.

– Mais où est-elle bon sang !?

L'infirmière en chef se pressait dans les couloirs. Elle croisa deux ambulanciers pantois, appuyés sur leur brancard. Le même brancard occupé quelques minutes auparavant par le robuste footballeur, désormais confiné aux quatre murs blancs du bloc opératoire. Pas très hospitalier. En face de la civière à roulettes immobilisée devant la salle d'attente, un téléviseur écran plat proposait en 16/9e les images du match phare de la soirée, Bordeaux-Marseille.

– Qu'est-ce que vous foutez encore là vous deux ? maugréa l'infirmière.

Les deux blouses blanches haussèrent les épaules, sans même la regarder, les yeux rivés sur le LCD. Besoin de comprendre. Les deux compères venaient d'avaler les quelques mètres d'asphalte entre le stade Chaban-Delmas et les urgences de l'hôpital Pellegrin en moins d'une minute. Et ils s'étaient aperçus que leur ambulance supportait mal l'aquaplaning. Le véhicule avait flirté avec les grands trottoirs de l'artère bitumée, inondée d'une pluie d'enfer et balayée d'un vent tourbillonnant.

Les deux hommes firent fi de l'injonction de l'infirmière, leurs yeux aussi globuleux qu'ébahis, aspirés par les couleurs hypnotiques du petit écran. C'était l'heure de l'attendue émission « soir de match ». Ils voulaient voir ce qui était arrivé au « client ».

Pour générique, un travelling de la caméra plongeant dans le stade, quelques minutes plus tôt, où 35 000 personnes ont braillé poumons ouverts, depuis leurs tribunes, leur fierté immuable d'être Bordelais. Et quelques noms d'oiseaux à l'égard des Marseillais. Puis le folklore: les tifos descendant des travées, les fumigènes rouges. Avant le résumé de la partie mené tambour-battant. Puis, une caméra qui se balade dans le grand ensemble de béton, désormais vide de toute émulation. Les supporters, glorificateurs du onze majeur, mais mitraillés par les gouttes d'eau, ont depuis longtemps déserté l'arène. Quelques éclats de voix des techniciens de l'équipe de télévision, affairés à démonter leurs structures et à enrouler leurs câbles, résonnent encore entre l'épaisseur des parois de ciment.

Dans les travées du stade, le présentateur TV, costard cravate, face à la caméra, dissèque aux abonnés - dont deux ambulanciers pot de fleurs dans une salle d'attente sans chaleur - *les images du drame qui a terni la soirée. Zoom sur le car régie. Rembobinage sur les écrans de contrôle: Michaël Ademoah, rapide et vif attaquant nigérian, recruté quelques mois plus tôt par l'équipe de Bordeaux, a été percuté de plein fouet trente minutes avant la fin de ce sommet du championnat de France de football. Le grand défenseur allemand des Phocéens, Christian Desendorf, les deux pieds décollés du sol, a commis l'irréparable sur la star des bleu-marine, alors qu'il filait droit au but pour tenter de marquer pour la troisième fois de la rencontre. Un « attentat » dans le jargon du ballon rond. Double fracture tibia péroné, et une indisponibilité de plusieurs mois « à n'en pas douter », prévoyait déjà le reporter télé, conforté par les déclarations du médecin du club. Le journaliste appuyait son récit d'un effrayant:*

Vision d'horreur d'une chair éventrée par ses propres os... Qu'en pensez-vous? Envoyez-nous vos réactions sur Twitter!

Un énorme bruit avait retenti dans le stade, puis les cris de douleur de l'Africain, glaçant l'échine des spectateurs, ramenés subitement à la réalité. Une réalité froide et brutale, grande d'1 m 88, aux contours anguleux, dénommée Christian Desendorf.

Dans son commentaire, le reporter télé expliquait que Bordeaux avait remporté la rencontre pour se placer au troisième rang du championnat, mais la gravité de la blessure de l'attaquant vedette, à 48 heures de la fermeture du *mercato* hivernal - marché des transferts du football -

était un prix très cher à payer pour ce succès. Il allait sans doute obliger les dirigeants du club à trouver une recrue de dernière minute. Et trouver une valeur sûre comme Ademoah, achetée l'été précédent par le club girondin au club transalpin de Milan, pour 12 millions d'euros, allait s'avérer compliqué.

« Besoin d'une ambulance quai de Paludate, rixes entre individus en état d'ébriété. Sérieuses blessures à l'arme blanche » venait de cracher la radio de l'hôpital. Les deux ambulanciers durent dézoomer. Quelqu'un à l'autre bout du canal venait de zapper pour eux. De toute façon, le résumé sur la rencontre de Bordeaux venait de se terminer.

- On n'allait quand même pas se taper le résumé du match de Paris lança le premier au second, avant d'enfourner le brancard dans le fourgon médical.

*****

Au stade

Dans la tribune officielle, le président des Bordelais, Jean-François Atché, s'était très vite activé à la fin de la rencontre. Dans la loge, il avait rapidement consulté son staff. Une réunion de crise aurait lieu le soir même, mais pas au stade. Trop de monde, de sponsors à satisfaire, de journalistes à éviter. Elle se tiendrait dans les bureaux cossus du club sis aux Allées de Tourny, les Champs Élysées bordelais. Chic, historique, poumon du Port de la Lune, prolongement du Grand Théâtre et de son mirobolant Grand Hôtel.

Dans ce conciliabule post accident organisé dans l'urgence, les acteurs majeurs du club s'étaient réunis autour du président, Jean-François Atché, un riche récoltant en vin bordelais. Ce personnage débonnaire, et de forte corpulence se plaisait habituellement à savourer le nectar de ses vignes. Un amoureux du ballon rond. Même si sa carrière n'embrassa jamais le professionnalisme, il fut un bon joueur de niveau régional. Un père de famille plutôt modèle, marié, quatre enfants

Près de lui, dans cette soirée paradoxale où la victoire pourtant si espérée laissait place à l'amertume des revers inexpliqués, son bras droit et directeur général, Simon Gravet, salarié du club. Un grand sec, aux antipodes physiques et métaboliques de son patron. Parfois très rigide. Sa réputation d'homme sévère lui donnait force dans le duo directionnel. Actionnaires, journalistes et autres observateurs louaient *de facto* sa parfaite complémentarité avec le *boss,* sachant trancher et faire preuve de droiture quand Atché n'oserait briser un consensus afin de faire basculer une décision. Gravet, c'était une sorte de ministre de l'Intérieur. Ce fut d'ailleurs le titre d'un portrait que lui consacra le journal local *Aquitaine éclair*, lors de son arrivée. Peut-être était-ce un jeu complice – évoqué dans l'entourage du club – joué par les deux hommes, qui se connaissent depuis les premières heures des combats soixante-huitards. À l'époque, ils ne fumaient pas encore le cigare, mais roulaient ensemble le pétard, en suivant les aventures de Bobby Charlton ou de Franz Beckenbauer. Il leur arrivait aussi de se défouler sur les Stones, les Beatles et de fantasmer sur les formes glamour de Dalida.

À désormais presque soixante ans, « Jeff » et Simon faisaient désormais dans le business. Pinard, restauration et football.

Dans le bureau *cosy* offrant une magnifique vue sur le Grand Théâtre et la place de la Comédie, fauteuils clubs en cuir brun, bibliothèque en chêne, se trouvait aussi l'entraîneur ; Pierre Perlon, devant la fenêtre, face aux plus belles façades de Bordeaux, caressées par les lumières de la nuit. Bel homme, épaules carrées sous son costard Armani, regard azur, le cheveu noir et court, légèrement grisonnant au-dessus des oreilles, Perlon portait à merveille son mètre 80 et ses 38 ans. Il continuait à garder sa forme d'ancien joueur professionnel en s'entretenant quotidiennement. Une carrière modèle. Formé à Paris, avant les plus grands clubs européens, Milan, Barcelone et Munich avant de terminer sa carrière à Bordeaux, où ses qualités humaines et ses compétences footballistiques n'avaient pas échappées à Atché et Gravet. Parfait exemple de cette règle tacite qui impose d'avoir été joueur pro pour entraîner des pros, Pierre possédait aussi un potentiel intellectuel et culturel au-dessus de la moyenne sur cette planète football. En parallèle à ses premiers pas sportifs, Perlon avait persévéré dans les études: maîtrise de langues appliquées puis DESS de commerce international, des diplômes qu'il avait largement confirmés par ses passages en Angleterre, Espagne et Allemagne. Un polyglotte distingué, passionné de lecture. Certains joueurs trouvaient drôle de lui donner pour sobriquet: « le savant ».

Le quatrième larron présent dans le bureau, arpentant en cercle le plancher grinçant de la pièce, maltraitant régulièrement son verre de whisky posé sur la commode Louis XV, était Osvaldo Gomes, le recruteur attitré du club, dont les origines latines avaient fait de l'Amérique du Sud son terrain de prédilection. Il parcourait également l'Afrique, et c'est lui qui avait négocié l'arrivée d'Ademoah. Gomes, un homme au teint mat, à la chevelure brune et longue, le catogan vertigineux jusqu'à mi-dos, le sourcil broussailleux. Dans ce conciliabule, il fut le premier à s'exprimer:

– Pas facile de trouver un autre Ademoah, qui nous marquera dix buts en une demi-saison. J'envoie des fax dès ce soir vers toutes nos pistes. Quelle est notre enveloppe, Jeff?

Jean-François Atché se tourna alors le sourire au coin des lèvres vers le cinquième et dernier compère participant à la réunion. Il s'agissait de Philippe de Saint-Élis, l'un des deux propriétaires du club. L'autre proprio, Hubert Ange-Boubert, était en vacances aux Antilles; peut-être pour marcher dans les traces de sa dynastie, soupçonnée d'avoir été une des plus importantes familles négrières bordelaises. C'était en tous les cas la mauvaise réputation trimbalée par Ange-Boubert. Un éditorialiste d'un journal national avait même osé : *à Bordeaux, il n'y a pas que le lucratif commerce du raisin qui a rendu les façades aussi belles. Le sang des hommes à la face d'ébène en dégouline depuis le dix-septième siècle. Près de 500 expéditions maritimes. L'argent de l'esclavage abreuve-t-il les caisses de l'équipe bordelaise ?*

Ange-Boubert dit « le patibulaire » était à la tête d'un patrimoine immobilier considérable. Il n'était, *a priori,* venu dans le football que pour espérer tirer des profits, à la demande de Saint-Élis, ce qui, dans le cas présent, était un échec. Alors certains journalistes avaient émis la thèse que l'homme s'éloignerait de la direction et tenterait, le moment voulu, de se séparer de ses parts.

Saint-Élis, grand bonhomme coquet et élancé, sommité du colloque nocturne, prit naturellement la parole.

– Ademoah, on l'a payé une fortune. Je vais être clair : plus d'argent. La presse ne doit pas le savoir, mais les comptes du club ne sont pas au mieux, je ne vous fais pas un dessin. Donc il va falloir faire sans recrue, ou être malin dans vos trouvailles ! ».

Quelques longues secondes sans mot prononcé laissèrent aux protagonistes le temps de la réflexion. Le club était proche de la tête du classement, certes, mais les comptes résonnaient plutôt avec le mot dette et interdisaient tout autre résultat en fin de saison que premier ou deuxième, et une qualification dans la fameuse coupe d'Europe dénommée Ligue des Champions. Au bas mot 15 millions d'euros. La manne financière apportée par cette compétition sauverait le club. Mis à part Pierre et Osvaldo, les trois autres hommes le savaient. Les deux susnommés s'en doutaient. Les finances du club étaient dans une situation catastrophique. Comme beaucoup d'autres.

– Si on ne termine pas premier, on est foutu ! Faut se bouger le cul !

Philippe de Saint-Élis était bien moins courtois qu'à l'accoutumée. Nerveux, l'homme prit congé sur un efficace :

– Démerdez-vous ! Je retourne bouffer avec nos partenaires. Peut-être que l'un d'entre eux disposera d'une enveloppe magique ou d'une caisse noire !

L'actionnaire majoritaire du club quitta la pièce en claquant la porte.

– Vous avez réussi à joindre Steve ? lança Gravet à Osvaldo.

– Non, messagerie.

Steve Bolder était le second recruteur du club, en mission pour superviser quelques matchs du championnat anglais. Franco-britannique, « le rouquin » comme il était justement surnommé pour son look tendance poil de carotte, suivait les pistes européennes pour le club bordelais. Depuis deux ans. Si Osvaldo et lui-même avaient plutôt tendance à se tirer la bourre, la relation entre les deux hommes restait cordiale, et il leur arrivait même parfois de travailler main dans la main. Quand les intérêts financiers dépassent les histoires d'orgueil…

Le téléphone de « Jeff » Atché ne cessait de vibrer. Les coups de fil se multipliaient. Une succession de numéros : le journaliste de l'un des deux quotidiens régionaux, celui du grand quotidien national sportif, les télés.

– Ils me font chier ! marmonna le président.

Puis le visage d'Atché s'illumina.

– Atché, j'écoute.

– Je ne suis plus dans ton répertoire ? demanda une très suave voix féminine.

– Si, si, mais je n'ai pas fait attention à qui je répondais, on est tellement débordé ce soir…

– Je vois, et c'est pour ça que je t'appelle Jean-François.

– Ah ? Tu veux me parler de la victoire ?

Le président ironisait, tout en cherchant le regard de ses coéquipiers du soir, comme pour bien montrer l'autosatisfaction puisée dans sa réplique.

– Pas ce petit jeu avec moi. Tu dis être occupé, alors venons-en au fait ! Nature exacte de la blessure d'Ademoah et décision prise afin de le remplacer ?

– Oh là, pour ce qui est de la blessure, ma petite Mélissa, tu vois avec les médecins. Pour ce qui est du reste, tu connais la chanson…

– Oui, je connais la chanson : Mélissa, ne dites jamais que je vous ai dit ça !

Malicieuse, elle poursuivit :

– Allez, soit cool, « Jeff ». Donne-moi l'info !

– O.K., mais rien sur Facebook, Twitter ou je ne sais quoi ! Je peux te dire qu'on va recruter quelqu'un. Mais son nom, je peux pas te le donner, puisque je ne le connais pas moi-même ! Si t'attends, je te donnerai le nom. Quand on l'aura.

– Merci !

Pas le temps de dire au revoir, Mélissa, reporter pour *Aquitaine Éclair* avait déjà raccroché pour retourner devant son PC et finir de rédiger son papier. Le coup de fil au président bordelais était destiné à donner plus d'ampleur aux infos qu'elle compilerait dans un article à sortir dans les kiosques quelques heures plus tard.

Histoire aussi de prendre de vitesse son concurrent direct.

– Quelle ingrate, marmonnait « Jeff », en raccrochant son téléphone.

– Je ne comprends pas pourquoi tu lui parles autant, à cette petite peste !

– Une vielle histoire, j'ai bien connu ses parents. J'ai joué au ballon avec son père notamment. Mais t'inquiète, Gomes, j'ai déjà su me servir d'elle - et toi aussi d'ailleurs - pour répandre quelques infos, disons orientées, n'est-ce-pas ?

– Mouais, c'est vrai. Elle est belle à mourir, mais conne à gémir !

Gomes se mit à rire grassement. Avant de se remémorer subitement le côté moins comique de la situation.

Les hommes poursuivirent leur conversation, citant des noms, des possibilités, des plans parfois alambiqués.

– Et vous, qu'en pensez-vous ?

Atché, bien plus grave, s'adressait à Pierre Perlon.

L'entraîneur n'avait encore dit mot. Il s'était plongé dans un profond mutisme depuis la fin de la rencontre. Voir les os de son attaquant sortis de leur chair l'avait un peu chamboulé, même si à travers les saisons, il s'était habitué aux blessures, ses mauvaises blessures, ses coups durs. Vingt ans auparavant, juste après sa première titularisation avec Paris, il avait aussi été heurté de plein fouet, un choc entraînant une grave incapacité au genou. À l'époque, il n'avait que 19 ans, et même si les médecins s'étaient montrés pessimistes quant à la suite de sa carrière, la jeunesse et la volonté lui avaient permis de revenir, d'en faire son métier et d'obtenir un palmarès très étoffé. Et il avait eu un peu de temps pour lui, pour les études, à une époque charnière. Mais pour Ademoah, à 29 ans, ce serait dur de revenir.

Perlon s'exprima enfin.

– Je peux faire avec les jeunes du centre de formation. Il y a bien Nicolas de Saint-Élis. Le fiston du proprio a de la ressource… Il a marqué deux buts en trente-quatre matches de l'équipe B l'an dernier…

Atché n'aimait pas ce genre d'ironie. Le regard qu'il lança à son entraîneur n'avait pas besoin d'être accompagné d'un quelconque commentaire.

Pierre Perlon se reprit rapidement :

– Bolder m'a parlé d'un jeune prodige irlandais, qu'il suit depuis longtemps, bien avant qu'il ne collabore avec nous. Le problème, c'est qu'il n'a que dix-huit ans tout juste passés, je ne suis pas sûr qu'il soit l'homme d'expérience dont nous avons besoin. Et il peut s'avérer coûteux. Plusieurs clubs anglais sont sur les rangs.

– Joshua Mc Kinney ?

– Exact.

– Oui, Bolder m'en avait parlé au moment où nous avons pris la décision d'enrôler Ademoah, confirma le président.

Un nouveau silence s'invita dans la pièce. Avant que les glaçons de Gomes, tournoyant dans son verre de whisky, ne viennent le perturber.

– Trop jeune, je pense que j'ai ce qu'il vous faut. Je repars demain à Buenos-Aires et je vous ramène quelqu'un.

Tout en répondant, l'homme au catogan rassemblait déjà ses affaires. Il glissa un *Ipad* dans une mallette.

– Nous sommes le 29 janvier, 23 heures, tu n'auras pas le temps, s'exclama Gravet.

– Prends le premier avion si tu le juges utile, et profites-en pour embrasser ta famille là-bas. Nous, on se retrouve au centre d'entraînement demain à 8 heures, conclut Atché.

*****

La boîte aux lettres de son appartement du quai des Chartrons fit un ramdam pas possible. Le livreur du journal régional - *Aquitaine Éclair* - n'avait visiblement pas mis ses gants de velours pour placer le canard dans l'orifice destiné aux postiers. 6 h 36 étaient affichées sur le radio-réveil de Pierre Perlon, les yeux complètement collés, il n'avait réussi à s'endormir qu'au petit matin. Mais dans moins d'une heure trente, il avait rendez-vous avec son patron, pour prendre une décision. Peut-être Atché avait-il eu des nouvelles de Bolder et de Mc Kinney.

Dégustant son gargantuesque bol de chocolat chaud - le garçon aimait à boire le Banania de ses jeunes années, à s'en délecter les babines - Perlon ouvrit le journal. Il était de ces grands - mais gentils - hypocrites à dire à tout va qu'il ne s'intéressait pas à ce qui s'écrivait sur lui ou son équipe dans la presse, mais il était, bien entendu, abonné au journal et son premier réflexe dès potron-minet était de l'ouvrir à la page des sports. Le bon Banania, les biscottes et le canard. Son BBC !

« Une victoire au goût amer » titrait en Une le quotidien, et l'accroche annonçait le reste : « les Bordelais ont déjà en cible un jeune Irlandais ».

Perlon hocha la tête de gauche à droite et lança un soupir.

Apparemment, l'auteur était aussi bien, presque mieux informé que lui, à en lire les colonnes. Un article signé Mélissa Marchand, évidemment. Une source avait balancé beaucoup d'infos, mais sous couvert d'anonymat. Il en sourit.

Il était notamment expliqué que Mc Kinney aurait déjà signé un précontrat avec le club local. L'informateur avait tout l'air d'être très bien et très haut placé. Ou l'auteur de l'article avait des dons de voyance, ou tout simplement beaucoup de chance. Là où Pierre était d'accord avec la journaliste, même s'il n'aimait pas trop cette « caste », qui l'avait plus agacé qu'aidé durant sa carrière, du moins dans ses souvenirs, c'était sur le véritable attentat subi par Ademoah. Le défenseur marseillais y était allé de bon cœur. Déjà connu pour ses dérives et sa méchanceté sur le terrain, cette fois, le carton rouge qui l'avait visé durant le match devait être suivi d'une très lourde suspension. La photo qui illustrait l'article, signée *Agence France Presse*, proposait une vision insupportable, presque écœurante. Le tibia et péroné en arc de cercle sortis de leurs chairs, version pied de rocking-chair.

Pierre Perlon regretta encore une fois de ne pas être allé voir directement Desendorf pour lui expliquer le fond de sa pensée. À haute voix, seul dans son salon, il ne put réprimer « putain de grand Boche ! ». Il avait croisé le défenseur il y a quelques années sur les terrains d'Allemagne, et s'était même frictionné avec lui.

Pierre « le savant » n'oublia pas son physique, et ses vingt minutes d'exercices, pompes, abdos, tractions - comme un palliatif à ses regrets de ne pas avoir mis son poing dans le nez du néomarseillais - avant de passer aux œufs bacon. Puis vint le moment de la douche, du rasage de près, tout ça sur un fond musical où il était question d'un dimanche, sanglant dimanche. Perlon aimait être tiré à quatre épingles, soigner une façade sans tache ni imperfection. Impossible pour lui d'oublier un jour de rasage ou de laisser le cheveu long. Du net et sans bavure. Un palliatif, peut-être, au bouillon intérieur perpétuel. De l'ordre à l'extérieur, une certaine forme de désordre à l'intérieur. Interrogations, perpétuelle insatisfaction.

Après un dernier passage dans la salle de bains pour s'asperger d'un peu d'after-shave, il endossa un costard, prépara un sac et y enfourna un survêtement. La séance d'entraînement, décrassage d'après-match, avait lieu à dix heures ce matin, et il devait faire un discours à ses joueurs, expliquant la situation. Ou peut-être que le président s'en chargerait.

Il ralluma son portable, jeta un œil sur la photo de ses deux gosses, qu'il embrassa, Jari, 13 ans et Pablo, 8 ans, avant d'entendre le bip indiquant un message. Il écouta :

« Vous avez deux nouveaux messages. À 6 h 03 : Pierre, c'est Atché. Retrouvez-moi au plus vite au centre, on a un très gros problème ».

À 6 h 55. Le second message était de l'une de ses deux ex-femmes : « C'est Kirstin, Pierre, n'oublie surtout pas la pension, ce mois-ci ! ».

*****

« La pension, la pension », elle n'avait que ce mot à la bouche, pensa-t-il très fort. Dans son Audi TT gris métal, offerte en prime par le club, Perlon maugréait envers Kirstin, sa première ex-femme. Il l'avait rencontrée il y a quatorze ans, déjà, dans une soirée de gala, lorsqu'il jouait encore à Milan. C'était lors de sa troisième et dernière année de contrat en Italie. C'est bien simple, Pierre, après sa formation parisienne, avait joué trois ans à Milan, trois saisons à Barcelone puis encore deux ans et demi à Munich, avant de venir terminer sa carrière de joueur à Bordeaux. Et à chacune de ses escapades européennes, il y avait eu une femme différente. Kirstin était mannequin ; formidable beauté froide. Grande, mince, blancheur nordique, cheveux d'un blond arctique. Perlon l'avait trouvée magnifique. Et bien plus câline qu'elle ne le montrait, une fois la carapace cristalline transpercée. La Finlandaise lui avait donné un fils, Jari, qui, à treize ans, voulait comme son père devenir un footballeur. Mais pas un besogneux du milieu de terrain, un récupérateur et pourvoyeur de ballons comme le fut Perlon ; un attaquant vedette bien sûr, celui qui marque et gagne le plus d'argent, celui qui pose dans les magazines et se teint les cheveux en jaune, qui porte des pompes rouges et exhibe des tatouages jusque sur le trognon !

Kirstin et lui, ça avait été une belle période, sans lendemain. Premier amour d'un jeune homme de 24 ans devenu presque plein aux as sans savoir pourquoi. La vie internationale du mannequin, le changement d'horizon de Pierre, la découverte d'une liaison extraconjugale de la grande blonde, tout cela avait mis fin au rêve d'une vie éternelle. Seule réussite commune, leur fils. Depuis, Pierre, mis à part les conversations hebdomadaires par webcam interposées, ne voyait que très rarement Jari, en général durant les quatre semaines de congés d'après saison ; quant à son ex, bien moins canon qu'il y a quinze piges, elle s'accrochait à lui surtout pour le pognon de la pension.

Pierre s'agaçait tout seul dans sa grosse bagnole. Passés les souvenirs de Kirstin, les images d'Ademoah agressé revenaient dans sa tête. Il devrait aller le voir à l'hôpital peut-être dès aujourd'hui. Perlon avait envie de cogner. Il pensa à son pote rappeur, Joe Star, dont il mit la chanson : « *J'arrive, j'arrive, j'arrive, esquive !* ». Le son était au maximum dans la grosse cylindrée. Pierre s'aperçut d'un coup qu'il roulait à plus de cent vingt sur la rocade. Un énorme flash le sortit de sa torpeur.

De nouveau rêveur, il revoyait défiler une bonne partie de sa carrière, ses belles heures. Il ne voudrait jamais l'admettre auprès de quiconque, mais le terrain, ça lui manquait énormément à Perlon. Encore plus aujourd'hui. Au bout de quelques secondes, il fut sorti de sa léthargie par la sonnerie de son mobile.

– Vous êtes à la bourre, Perlon, dépêchez-vous, c'est urgent, dit Atché. On a perdu Ademoah !

*****

– Il est mort, prononça laconiquement Atché.

Pierre Perlon avait du mal à assimiler ce mot, à le sortir du contexte du football. Comment un joueur en pleine force de l'âge avait-il pu mourir ? Comment un homme aux capacités hors normes, encore chambreur il y a quelques heures dans le vestiaire, pouvait se retrouver à l'horizontale, parti pour un aller sans retour ?

Dans le bureau du centre d'entraînement, Atché et Gravet échangeaient des regards graves, tandis que Pierre ouvrait la porte au directeur de la communication, Hervé Capdeville. Un ancien du club qu'on avait fourré à ce poste parce qu'on ne savait pas quelle fonction lui attribuer. Look giscardien, tatanes à 2000 euros, chemise Vichy, le front dégarni, la mèche rebelle à tendance ondulatoire. Un gentil bonhomme, dans le fond, pensait Perlon, même s'il avait trop souvent la fâcheuse manie de se donner un peu plus d'importance qu'il ne pouvait en disposer.

Pour les quatre hommes, il était question d'échafauder un plan de communication crédible face aux médias, mais aussi de se parler avant que n'arrive la police, qui n'allait pas tarder à débouler. Atché se mit à expliquer les circonstances du drame.

Le président avait reçu un appel dans la nuit. À 3h48 du matin, le corps de Michaël Ademoah avait été retrouvé sans vie dans son lit d'hôpital. Le premier verdict des médecins était clair : arrêt cardiaque. Pour une personne normale, cette mort aurait pu paraître classique, fruit d'un problème congénital ou d'une surcharge en cholestérol. Mais pour un sportif de haut niveau, de 29 ans, suivi par les médecins et ayant satisfait à toute une série de tests physiques en début de saison, cela faisait plutôt désordre. Pierre Perlon avait un mot sur les lèvres, un mot tabou pour beaucoup. Dans le football, c'est un mot qui fait tâche, qui rime avec carnage ; mais il regarda ses deux patrons :

– Dopage ?

Atché ne dit rien. Quant à Gravet, il devint rouge écarlate.

– Je ne veux pas entendre parler de ça, c'est compris !

- Je vois mal comment l'éviter, rétorqua Perlon. Ou alors mettre ça sur le dos de la drogue ?

– Comment ça ?

Le président venait d'interpeller l'entraîneur tout en se rongeant les ongles. Il ne regardait pas Perlon, ni personne, mais vers l'extérieur et ce sale temps, nuageux, gris et pluvieux.

– Vous savez bien que Michaël était un fêtard invétéré, et qu'il s'offrait quelques petits extra. C'est peut-être ça ?

– Et pourquoi pas un simple accident ? s'insurgea Simon Gravet.

– Parce que je connais mes joueurs, je sais ce qu'on leur donne et je connais aussi ceux qui trichent. Michaël Ademoah avait des statistiques et un rendement assez supérieurs à la moyenne en rapport avec son physique. J'ai toujours eu des doutes.

– Et pourquoi ne pas nous en avoir parlé ? répliqua Atché.

– Président, je ne vous savais pas si candide.

Perlon avait été joueur, et avait vu beaucoup de procédés à la limite de la légalité dans les vestiaires des différents clubs où il était passé. Il avait lui-même pris quelques « vitamines » à certains moments creux de sa carrière. Ça l'avait parfois torturé, mais il s'était laissé tenter. Et l'enchaînement des matches de haut niveau, tous les trois jours, lui avait semblé moins pénible. Mais il n'avait jamais poussé le vice jusqu'à l'addiction. Finalement, il espérait se tromper sur Ademoah. Souvent remarqué en dehors du terrain par ses clinquants bijoux dorés balancés sur des costards de grands couturiers, à chaque jour leurs couleurs, Ademoah, habitué des soirées hip-hop de ses nombreux copains DJ, avait un culte de la personnalité assez prononcé. Ses coéquipiers évoquaient certaines prédilections à « chopper le melon ». Mais ses performances sur le terrain n'avaient incité en rien ces derniers à le critiquer plus qu'il ne le fallait. Tout juste l'un d'entre eux avait, sous couvert de l'anonymat, finement déclaré par voie de presse, après le début de championnat en fanfare de l'Africain, que le Nigérian « ne devait pas tourner qu'à l'eau chaude ». Il avait certainement voulu dire « à l'eau claire ».

Un contrôle anti-dopage inopiné effectué quelques semaines plus tôt avait disculpé l'attaquant.

Perlon ruminait. S'il était avéré que le Nigérian n'était pas mort naturellement, il se sentirait responsable de ne rien avoir dit, d'être une fois de plus resté dans l'ombre et d'avoir profité de ce système du football, où chacun des acteurs du sérail sait de quoi il retourne, mais où personne ne veut rien balancer, de peur de tuer la poule aux œufs d'or. Ou de peur de se briser soi-même. Perlon ne se sentait pas meilleur que ces soi-disant docteurs ou préparateurs qui dispensent leurs saloperies, comme des gourous, aux joueurs parfois fragiles ou, selon, aux imposteurs qui ne pourraient être là sans ces produits. Mais ce matin, il avait envie de tout balancer, de tout foutre en l'air.

Dans son coin, Hervé Capdeville s'était fait tout petit, son visage était devenu grave, à l'image d'un chef d'état qui va annoncer une déclaration de guerre. Il dut s'y reprendre à plusieurs fois avec son peigne pour arriver à stabiliser sa jolie mèche sur le côté. Il put enfin reprendre le stylo pour noter une partie des déclarations de son président afin de rédiger le communiqué qui partirait illico vers la presse. Le centre d'entraînement ne tarderait pas à être envahi de reporters locaux, avant que la « grande » presse nationale ne vienne y mettre son nez. Rapidement, les joueurs, sans explication, furent prévenus de l'annulation de la séance du jour. Souvent en cas de victoire, de toute façon, Perlon procédait de la sorte, et octroyait à ses joueurs un jour de repos. Aujourd'hui serait le jour des morts. Du mort.

– Je ne comprends pas, dit Atché en regardant fixement Perlon.

Le président poursuivit :

– Vous ne pouvez couvrir ce genre de manigances. Vous vous rendez compte ! ? Le président avait le teint blafard. Il faisait les cent pas, une vraie girouette – ou plutôt un gros hibou – titubant autour du bureau.

– Je suis désolé que tu ne sois pas au courant, lâcha enfin Simon Gravet, à son pote « Jeff ». Il avait attendu le départ de Capdeville.

– C'est quelque chose qui se fait un peu partout. Notre club n'échappe pas à la règle. Mais notre médecin est quelqu'un de sérieux, il n'injecte les produits que par petites doses, et selon des critères minutieux. Collectivement, c'est quelque chose qui ne correspond qu'à deux ou trois périodes dans l'année et ce n'est en aucun cas dangereux. La reprise durant l'été, la période délicate de janvier, et parfois, en fin de saison, quand certains sont fatigués, voire cramés.

Jean-François Atché semblait anéanti. Lui qui avait sincèrement répondu par le passé à des interviews sur le sujet se remémorait ses phrases. « Tant que je serai au club, il n'y aura jamais de dopage à Bordeaux ». Une bien belle fadaise. Quelques-uns avaient dû rigoler.

– Mais tous les joueurs sont au courant? Il fixait les deux hommes face à lui.

– Pour le traitement collectif, non, ils pensent que ce sont des produits d'accompagnement autorisés. Mais ils ne le sont pas forcément tous, autorisés. Ensuite, il y a les cas particuliers. Certains ont besoin de plus, et pour qu'ils ne fassent pas n'importe quoi, qu'ils ne s'adressent pas au premier charlatan - voire marabout - du coin, on essaie de les gérer. Mais là, on ne les pousse pas. On essaie même de les freiner.

Simon Gravet et Jean-François Atché échangèrent un long regard. Gravet, l'homme droit, savait aussi prendre les chemins de traverse. Dépasser la limite. Mais pour ne pas tomber dans la déraison, l'encadrement restait une priorité. Plus il pensait à la mort d'Ademoah, plus Perlon était écœuré.

– Mais si c'était vraiment et uniquement qu'un accident ? sembla s'apitoyer Jeff Atché.

Gravet regardait la pointe de ses chaussures quand il dit :

– Je nous le souhaite.

Perlon était agacé. Sa moue dubitative semblait exprimer : « le patron, c'est vraiment un gros « jambon » ».

*****

La journée fut certainement la plus pénible que Pierre Perlon eut à vivre à Bordeaux. À des années lumières de la déception du titre perdu lors de la dernière journée de la saison précédente, encore bien plus loin que son deuxième divorce qui s'était transformé en bagarre générale devant le tribunal.

À l'époque, Dolores, la mère de Pablo, avait voulu massacrer Perlon. Il faut dire que dans ses années espagnoles, c'est l'entraîneur bordelais qui n'avait pas forcément été réglo dans ses poussées de libido. Les conquêtes de Pierre l'avaient parfois placé dans des situations hasardeuses... Ses années de footballeur dans la cité catalane de Barcelone avaient d'ailleurs été sulfureuses, hors et sur le terrain.

Aujourd'hui, il s'agissait de la mort d'un homme, et il avait dû répondre à la presse en esquivant les questions allusives au dopage. Mais si les journalistes avaient de nombreux défauts, aux yeux de leurs interlocuteurs, ils avaient pour la majorité la connaissance et l'expérience de ce genre de situation. Un grand joueur d'une équipe nationale africaine était mort de la sorte il y a quelques années, lors d'une compétition internationale, comme d'autres joueurs dans différents championnats, notamment en Espagne ou au Portugal. Mais tant pis, pour le moment, Pierre Perlon dirait ne rien savoir. Au risque de se trahir lui-même.

– Je pourrais vous voir seule à seul ? vint lui demander une jeune femme.

Je suis Mélissa Marchand, du journal *Aquitaine Éclair* et j'aimerais vous parler, lança-t-elle, dans l'entrebâillement de la porte que Capdeville allait refermer.

Perlon se retourna :

– Je vous connais, vous êtes une fouille-merde. Allez demander à votre indic.

La jeune femme fut stupéfaite de la réponse qu'avait pu lui faire un homme qu'elle appréciait jusque-là, au point de parfois se retenir de le « tailler » dans ses papiers. D'habitude pleine de répartie et si prolixe, elle resta sans voix. Vexée. Mélissa, 26 ans, reporter certes récemment issue d'une grande école de journalisme, s'appuyait sur des qualités intellectuelles solides et une clairvoyance instinctive pouvant faire concurrence à de nombreux plumitifs en place depuis trente ans. Elle s'était déjà taillée une réputation de « petite qui n'a pas froid aux yeux ». Et puis elle disposait de cette fameuse sensibilité féminine, de l'énergie de la jeunesse, qui, associées à son sourire de déesse et à une magnifique paire de fesses, lui ouvraient droit l'autoroute de la réussite dans le milieu médiatique. Mais pour le moment, les nombreuses sollicitations de la télévision, l'appel cathodique parisien, ne l'intéressaient guère. Elle voulait se frotter aux réalités du terrain, chercher, fouiner, fouiller. Son vrai plaisir. Et là, elle était servie.

Pierre Perlon, la tête rentrée dans les épaules, s'éloignait dans le couloir qui menait aux vestiaires. Mélissa s'interrogea. Pourquoi un homme d'habitude si cool, si décontracté, venait de l'envoyer balader devant tous les collègues ? Quand on fait ce métier, on a l'habitude des vexations, mais quand elles viennent de quelqu'un que l'on apprécie, elles sont dures à avaler. Voilà à quoi pensait Mélissa, alors qu'un confrère vint la réconforter.

– Tu en verras d'autres dans le métier.

– Je n'ai pas dit mon dernier mot, susurra la jolie brune.

Perlon n'avait pas terminé sa journée. Cette fois, il fallait faire face aux policiers. Pas question d'occulter aussi abusivement les questions propres au dopage. Même si tout concordait pour l'instant à une mort naturelle, les policiers auraient tôt fait d'en savoir un peu plus. Perlon n'avait jamais trouvé Ademoah vraiment très net. Quand le joueur était arrivé au club, une grande gueule dans une dégaine de rappeur à l'américaine, l'entraîneur s'était tout de suite dit qu'il aurait des problèmes avec lui. Délit de faciès, peut-être. Mais au départ, il s'était trompé. S'il revenait aux oreilles de Pierre Perlon que le joueur enchaînait les virées nocturnes, il n'avait finalement jamais eu à se plaindre de lui sur le terrain. Ce sont ses quelques retards à l'entraînement, ses quelques absences ou ses retours de week-ends toujours un peu débordés qui faisaient de Michaël Ademoah un homme plus difficile à gérer. Mais c'était vraiment le Yin et le Yang. Sur le terrain, un vrai modèle, un amoureux de son sport, un combattant jusqu'au bout, toujours fidèle aux consignes. Il ne lésinait jamais à défendre son bout de terrain jusqu'à l'ultime minute. En dehors, un désinvolte presque iconoclaste. D'après ce que certains joueurs avaient raconté à Perlon, Ademoah était très croyant, et n'oubliait jamais de faire sa prière, selon la rumeur, avant une bonne dose de coco. Mais pour ça, Perlon ne pouvait lui en vouloir. Lui aussi, livré à lui-même très jeune, les poches pleines d'argent, avait connu les affres de la poudre blanche dans les soirées mondaines. Puis seul, puis avant les matches. Il trouva la force de s'arrêter avant ce que d'autres appellent s'en sortir.

Troublé, Perlon repensa à cette fois où, le nez dégoulinant de sang, il avait failli passer par-dessus son balcon. Mis à pied par son club, il avait prétexté une blessure durant quelques semaines. Le temps de ne pas être soumis au contrôle antidopage. Entorse de la cheville… Et il s'en était échappé de cette folie blanche grâce à son mental d'acier. Mais aussi parce qu'on l'avait aidé. Il n'avait plus jamais touché à la drogue. À Bordeaux, personne n'avait aidé Ademoah.

Perlon raconta à la police ce qu'il savait, sans rien omettre sur le personnage. D'habitude, c'étaient les hommes en noir qui faisaient la loi dans le football. Les hommes en bleu avaient repris la main. Pas question de cartons jaunes ni de cartons rouges. Cette fois, la sanction était définitive pour Ademoah.

Durant les trois quarts d'heure que Perlon passa avec les policiers, les questions de la commissaire en charge de l'affaire étaient d'ordre général, sur Ademoah, sa vie, son comportement, ses relations. Il y avait souvent des agents, des « amis » qui attendaient ce dernier sur le parking. Mais Perlon n'était pas un intime. La sécurité du club faisait parfois partir quelques-uns de ces olibrius, rencontrés lors d'une soirée la veille et devenus les meilleurs amis du monde.

Puis vint le chapitre du dopage. La Commissaire de la Police Judiciaire, Julienne Lorat, était une femme d'une cinquantaine d'année, cheveux fins d'un blond terne, de petite taille et plutôt malingre, elle utilisait un ton sec et direct. D'après les premiers examens effectués à son arrivée à l'hôpital, les médecins étaient formels ; Ademoah avait le foie d'un alcoolique dernier degré. Corrélation dans la cause de son décès par arrêt cardiaque. Une autopsie allait être demandée par le procureur de la République, « article 74 du code de procédure pénale ».

Perlon ne put nier l'existence d'un « dopage » toléré, mais confirma que pris en doses raisonnables, il n'y avait aucune chance pour qu'un homme de 29 ans défaille de la sorte. Qu'il fallait plutôt voir dans l'usage que faisait Ademoah des stupéfiants les causes de son décès. Mais il n'empêcherait pas Jean-Louis Etchegarray, le médecin du club, d'être passé à la moulinette. L'affaire, c'est sûr, allait éclater au grand jour. Lorat, sur le ton du conseil, découvrant des dents jaunies par le tabac - ce même tabac qui empestait ses vêtements - confirma à l'entraîneur que la brigade des stupéfiants « risquait aussi » de prendre en charge l'affaire. Elle lui tendit une carte de visite, au cas où celui-ci « se rappellerait de quelque chose ». Puis elle prit congé en jetant un regard noir et terriblement scrutateur. À tel point que Perlon se sentit coupable durant quelques secondes.

Appuyée sur la portière du coupé Audi, Mélissa attendait Perlon. L'entraîneur accéléra la cadence pour s'approcher de sa voiture et prévoyait de vite la balayer. Il lui passerait un soufflon comme jamais. Puis il se ravisa, au fur et à mesure qu'il approchait. Pas qu'il ait eu tout d'un coup l'envie de se confier, mais surtout parce qu'il contemplait la silhouette et le regard pétillant de celle qui affronterait dans quelques instants son courroux. Une femme très sensuelle, parfois débraillée, parfois mise en valeur. Malgré l'imper, il devinait les fesses rebondies dans son jean Diesel, les deux sacro-saints dons de dieu, droits dans le chemisier flanelle ; il n'en fallu pas plus pour que Perlon freine la cadence. Il la scrutait de la tête aux pieds. Vraiment belle, cette brune au teint hâlé, malgré l'hiver. « J'adore ses yeux verts » murmura-t-il, se pinçant les lèvres. Finalement, il se sentait bien seul en cette fin de journée. Perlon se lança :

- Je vous emmène boire un verre pour me faire pardonner ?

*****

La nuit tombante, le bolide avala rapidement les quelques centaines de mètres qui séparent l'Hôtel de Police du centre-ville de Bordeaux. Côté passager, la jeune femme, impatiente, impertinente, enchaînait.

– Mort entraînée par dopage, c'est ça ?

– Pas du tout !

– Et pourquoi la police alors ?

– Routine.

– Non, pas possible, pas la commissaire Lorat, elle fait partie de la brigade criminelle…

Perlon eut du mal à contenir sa surprise.

– Ils doivent peut-être en rajouter parce que c'est Bordeaux, du foot, que c'était une star, voilà tout…

Dans la voiture, seul un fond de radio crépitait dans ce soudain silence. Mélissa regardait les magnifiques immeubles haussmanniens, éclairés de mille feux. La place de la Bourse, somptueux édifice bordelais, face ravalée, défilait devant ses yeux. Le très moderne tramway vert glissant sans bruit donnait une touche anachronique à ce décor de murs anciens. Puis Perlon s'engagea le long du cours Maréchal-Juin, puis tourna à droite rue de Belleville avant de remonter le cours de la Libération puis le cours Aristide Briand. Arrivés place de la Victoire, il jeta un œil en direction de la brasserie le Plana, au cas où il y apercevrait un ou deux compères. Puis il prit la direction du parking souterrain

– Où m'emmenez-vous ? lança Mélissa.

– Café Étienne. Chez mon pote Olive.

– Vous n'avez pas peur d'être harcelé par les fans ?

– Généralement, je ne suis pas embêté dans son bar. Et si besoin, on a une petite arrière-salle.

Olivier, le tenancier, c'est un vieux copain bordelais du centre de formation parisien, qu'une carrière avortée avait transformé en cafetier. Les deux hommes ne s'étaient jamais perdus de vue, se retrouvant franchement lors de l'arrivée de Perlon à Bordeaux.

« Olive » n'était pas là ce soir, mais Perlon, comme tous les habitués, eut quand même droit à son petit coin d'intimité. Une petite salle réservée « aux people », un décor luxueux et branché, comportant quelques tables recouvertes de feutrines vertes : certains soirs, des tables de poker ou autres Black Jack étaient organisées, sans publicité. Un gros baraqué posté devant un long rideau pourpre empêchait les curieux de passer la tête.

À peine débutée, la conversation devint tendue. Mélissa était trop pressée, voulait tout savoir. Un bon journaliste doit savoir écouter, se détendre, séduire son interlocuteur se disait-elle, se remémorant les cours ou les conseils. Mais son cœur s'emballait. À 26 ans, impatiente à l'idée de décrocher son premier gros scoop, elle n'arrivait pas à se maîtriser. Elle avait pour elle toute seule l'entraîneur de Bordeaux, un ancien joueur international, le jour du décès d'une star africaine. Et en plus, il était plutôt bel homme, sculpté dans sa veste. Elle adorait ses mâchoires prononcées qui donnaient à son visage cet aspect si carré. Pierre sortit de son vague à l'âme et comprit l'impatience de la jeune femme. Il décida d'en jouer.

– Que voulez-vous savoir ?

– Quelles sont pour vous les causes de sa mort ?

– En *off* ?[1]

– Donnez-moi votre version *off*, jubila presque Mélissa. Perlon lui montra du doigt son smartphone, et l'application dictaphone qu'elle avait enclenchée. Elle éteignit sur le champ.

– Pour moi, Ademoah s'est auto-détruit. Tôt ou tard, il lui serait arrivé des soucis, à cause de ses excès. Il buvait et se droguait. L'agression qu'il a subie n'a fait que précipiter les choses.

– Et vous ne pensez pas plutôt que ce soit lié à des traitements imposés par le médecin du club ?

– Il n'y a pas de traitements.

– Pas à moi monsieur Perlon !

– Ah oui ! J'oubliais que vous étiez déjà une grande baroudeuse. Appelez-moi Pierre. Je peux vous appeler Mélissa ?

Mélissa rougit. Le ton de son interlocuteur devenait plus généreux. Ses yeux bleu clair l'hypnotisaient. Limite, il l'entraînait dans un plan drague. Moins direct que certains collègues grivois de la rédaction, mais pas forcément très discret. Elle venait d'être touchée. Oui, cet homme était séduisant, et il

1- Le terme « off » est utilisé entre les journalistes et leurs interlocuteurs, pour confirmer la véracité d'une réponse, sous condition de non publication. Ainsi, il n'est pas rare que soit donnée en off une réponse complètement différente de celle finalement médiatisée. Le journaliste n'est pas obligé de respecter cette entente. Mais cet accord tacite (voire hypocrite) reste idéal pour cultiver un réseau et disposer un jour d'une bonne information ou du *scoop*.

représentait beaucoup à ses yeux. Mais elle ne devait pas perdre pied.

– Jusqu'où iriez-vous, pour un scoop ? enchaîna Perlon.

– Loin, très loin…

Cette fois, ce fut Pierre qui fut touché par la réponse. À son tour d'avoir les zygomatiques bloqués. Pas froid aux yeux la petite. Des yeux couleur jade, au-dessus d'un merveilleux nez aquilin. Un visage fin, une bouche pulpeuse où quelques mèches de la chevelure brune ondulée venaient se faire goûter.

L'ambiance avait changé d'un coup, en même temps que les verres s'étaient vidés. Presque trop détendue. Quelqu'un avait-il d'un coup tamisé les lumières de la pièce ? Un long silence accompagna un terrible échange de regards, avant que le duo ne se reprenne. Mélissa avait compris qu'elle n'aurait rien de plus de la part de Perlon. Enfin, pas de *scoop*. Et Perlon, séduit, n'avait pas envie de lui dire n'importe quoi, ni de faire n'importe quoi. Il allait prendre la parole quand Mélissa le devança.

– Je vais y aller, je vais prendre le tramway, dit-elle en se levant. Il me reste du travail. Merci de m'avoir accordé un peu de votre temps.

Perlon n'eut pour réponse qu'un haussement de sourcil étonné.

*****

Depuis Buenos-Aires, Osvaldo Gomes faisait le forcing en ce 31 janvier. Il prêchait pour que le club bordelais enrôle un joueur argentin, du nom de Rodrigo Espinasi, ex-international espoir. Mais ni Atché ni Gravet n'étaient vraiment séduits par le dossier reçu. À la fin de la séance d'entraînement, Perlon vint rejoindre les deux hommes : il n'était pas plus convaincu, et ce même après avoir visionné deux heures de film transféré via le net, d'une qualité médiocre où il était même parfois difficile de reconnaître le fameux joueur, surnommé l'Aconcagua, en référence au point culminant des Andes. L'attaquant était de grande taille, un bon mètre 95, efficace de la tête, mais visiblement pas très doué avec ses pieds. Trop limité pour entrer facilement dans le collectif actuel. Les solutions n'étaient malheureusement pas multiples avec le budget disponible et le grand Argentin était libre, sans indemnité. De surcroît, sur le papier, il disposait de statistiques assez intéressantes pour un dernier recours.

À 14 heures, Steve Bolder devrait faire un rapport par visioconférence depuis Dublin pour Joshua Mc Kinney. Les nouvelles du matin n'étaient pas bonnes, un grand club anglais de Londres se faisait pressant et semblait tenir la corde. Les parents du jeune homme étaient très présents dans la négociation et Steve Bolder, seul, ne s'en sortait pas. Alors Atché prit une décision surprenante, qui ne lui ressemblait pas forcément :

– Partons sur le champ à Dublin !

Perlon et Gravet le regardèrent ébahis.

– Ne me regardez pas comme ça ! De toute façon, j'étouffe ici avec tout ce battage !

Jean-François Atché passa un coup de téléphone à sa secrétaire, le temps qu'elle prévienne le pilote de l'avion du club – un engin mis à disposition par une des filiales du groupe, estampillé Saint-Élis Immobilier - et qu'elle puisse gérer les formalités et autorisations de départ.

– Changez-vous Perlon, on y va !

– Et si la police veut encore nous entendre ?

– On sera revenu avant ! Et sinon, ils patienteront !

Les deux hommes quittèrent le centre d'entraînement illico. Gravet resterait au poste pour gérer les dernières démarches administratives, gagner du temps auprès des enquêteurs et au cas où expliquer que les deux hommes ne s'étaient pas sauvés, tandis que le président et l'entraîneur manager tenteraient de faire pencher la balance en faveur de leur club. Ils arrivèrent tambour battant à l'aéroport, le gros Range Rover d'Atché filant sur le bitume de la ville de Mérignac, lieu d'accueil des tarmacs bordelais.

Alors que Pierre Perlon n'avait pas omis de prendre son PC portable et quelques DVD sur Mc Kinney pour les examiner, Atché semblait rêveur voire anxieux dans son siège.

– Vous avez la trouille en avion ?

– Non, non, pas du tout.

– Vous semblez inquiet, poursuivit Perlon.

– Nous avons passé deux jours abominables. J'aimerais qu'on signe ce joueur, voilà tout. Je pense à Michaël, et je suis chamboulé. Et vous avez bien vu la presse ce matin. Il ne nous lâcherons pas sur cette histoire de dopage.

Effectivement, le matin même, Perlon avait comme à l'accoutumée enchaîné son BBC « Banania, biscotte, canard ». Et un article signé Mélissa Marchand mettait le doigt là où ça fait mal. Un papier récapitulatif des nombreuses morts suspectes dans le sport en général, dans le football en particulier, avec une corrélation non discutable sur les produits stupéfiants. L'article était bien tourné, ne souffrait d'aucune erreur. La journaliste avait bien pris soin de ne pas attaquer directement le club bordelais. Comme si elle leur laissait du temps.

– Elle est vraiment bien informée cette fille, n'est-ce pas, président, lâcha Perlon.

– Effectivement. Bien trop ! lança Atché. Et si vous pensez que c'est moi, vous vous trompez Perlon.

– Je ne vois vraiment pas pourquoi je pourrais penser ça…

Les deux hommes retournèrent à leurs lectures quelques instants. Puis Atché reprit :

– Au fait, tant que l'on aborde le chapitre des confidences, j'aimerais aussi que vous arrêtiez vos commentaires sur le fils Saint-Élis, Perlon. Nicolas bénéficie peut-être d'un contrat disons, arrangé, mais c'est aussi son père qui vous paye, et moi aussi, à l'occasion.

– Bien patron.

Jean-François Atché gonfla ses joues à la manière d'un trompettiste pour lâcher un grand souffle d'agacement.

– Et il fait aussi la cour à ma fille Odile ! Du moins, il essaie...

L'avion se posa sans problème au Dublin Airport. Steve Bolder attendait les deux hommes et les retrouvailles furent fraternelles. Le rouquin était un joyeux drille, il aimait marquer l'amitié par l'accolade, l'empoignade virile. Sa bouille, éclairée par un millier de taches de rousseur, imposait une façade des plus joviales.

Bolder expliqua qu'il serait difficile de convaincre les parents de Joshua Mc Kinney, prêts à signer depuis deux jours avec les Bleus de Londres. Ils attendaient la délégation bordelaise dans un hôtel du nord de Dublin.

Dans la voiture de location, les trois hommes firent le point. Bolder, intéressé, s'interrogeait sur la mort d'Ademoah. Il serait des funérailles la semaine suivante. Dans la journée, Atché avait cru comprendre que la demande d'autopsie avait été accélérée, et que celle-ci serait effectuée dans les plus brefs délais.

– Gaffe, vous roulez à gauche ! lança Atché dans un moment de panique.

Ni Bolder ni Perlon ne relevèrent.

Après avoir longé la Liffey, rivière qui sépare la capitale d'Irlande en deux, le véhicule passa devant la Custom House avant de bifurquer plein nord. Vint enfin la célèbre O'Connell Street et ses statues, puis la voiture stoppa dans Moore Street pour se garer. Les trois hommes continuèrent à pied sur la grande avenue, histoire de se dégourdir les jambes. Ils humèrent l'odeur de quelques « fish and chips », avant d'atteindre un hôtel chic, le « Royal Dublin », sis au 40-42 O'Connel Street Upper. Devant, les cinq Mc Kinney étaient au rendez-vous. Les parents, le fils prodigue, le frère et la sœur ! Il était bientôt 18 heures (19 heures à Bordeaux), et la négociation s'annonçait rude.

Le petit groupe s'installa dans un des salons privés de l'hôtel. Moderne, ce dernier offrait toutes les technologies de communication idéales pour ce genre d'opération. Le net, le fax, la visio, tout pour réagir dans les plus brefs délais. Chez les Mc Kinney, c'est le père, Scott, qui faisait office d'agent. Un grand bonhomme aux traits sympathiques mais à qui « on la fait pas », il avait été comptable pendant près de trente ans. Le frère aîné, Bud, tatoué sur toutes ses parties visibles jusqu'à ses oreilles percées de haut en bas, crâne rasé, débardeur blanc version Marcel sous son pull à col roulé qu'il enleva rapidement, faisait a priori office de garde du corps. Peut-être au cas où les trois Bordelais s'étaient déplacés pour kidnapper le frangin. Selon le dossier préparé par Steve Bolder, le garçon, adepte du football gaélique, une sorte de mélange de football et de rugby, très prisé et populaire en Irlande, avait fait quelques séjours en prison. Pas très rassurant.

La mère, Suzan, et la fille, Linsley, se ressemblaient comme deux gouttes d'eau, à 25 ans d'intervalle. Des femmes charmantes, voire séduisante pour la mère et craquante pour la fille. Elles semblaient être plus posées que les hormones mâles de la famille, et Perlon comme Atché avaient senti qu'elles seraient certainement les plus déterminantes dans la négociation. D'un coup d'œil, Atché et Perlon en avaient convenu. La jeune femme, après de brillantes études de marketing, travaillait désormais à Dublin dans une grande firme pétrolière.

Dans un anglais à fort accent, le père Scott annonça la couleur :

– Messieurs, désolés de vous avoir fait déplacer. Nous avons accepté de vous attendre eu égard à la gentillesse de M. Bolder, mais vous savez, nous avons pris la décision de signer avec les Bleus de Londres. C'est beaucoup moins loin de la maison, et il n'y aura pas la barrière de la langue pour notre fils.

– Et ils proposent un sacré paquet de tunes, rétorqua le bon « Bud », avec un sourire de requin, mais sans les dents.

– *Shut up!* lâcha la maman, irritée par la mauvaise éducation de son aîné.

La proposition du club londonien était difficilement égalable financièrement. L'équivalent, la première année, de 50 000 euros la semaine. Et une proposition du double dès la deuxième année pour un contrat proposé de quatre ans. Bordeaux ne pouvait pas s'aligner. 200 000 euros par mois, même le malheureux Ademoah ne les percevait pas. Le Nigérian gagnait dans les 150 000 euros bruts, c'est tout ce que le club de Bordeaux pourrait proposer à Mc Kinney. Et ce serait encore beaucoup trop pour un jeune homme de 18 ans pensaient les dirigeants de l'équipe girondine.

Atché fit sa proposition en tant que bon président, offrant 120 000 euros mensuels, un contrat de cinq ans, un appartement, une voiture et s'avança un peu sur les plates-bandes de Perlon en indiquant que le joueur serait à coup sûr rapidement titulaire, arguant qu'il serait confiné à la « banquette » dans le club de Londres. Atché était un orateur remarquable, maîtrisait partiellement l'anglais et trouvait en Bolder et Perlon d'admirables soutiens linguistiques. Les discussions de gros sous accaparèrent de nombreuses minutes, mais Scott et Bud avaient tôt fait de calculer que 50 000 euros par semaine leur feraient bien plus de Guinness que 120 000 euros mois.

Perlon prit enfin la parole. Dans un anglais parfait, qu'il agrémenta du léger accent irlandais qu'il venait de découvrir, il focalisa son regard sur le jeune Joshua, qui n'avait pas encore dit mot. Délicatement, ce grand connaisseur du ballon rond qu'était Perlon décortiqua le jeu et le passé déjà bien rempli du jeune et talentueux garçon. Il énuméra ses titres dans les différentes catégories, certaines de ses actions, évoqua ses qualités et lui précisa lesquels de ses défauts il pourrait corriger pour faire de lui un très grand joueur. Son ton était doux mais les mots fermes. Le garçon sembla s'éveiller, son visage s'illuminer et la sœur Linsley, attentive jusque-là mais sur la défensive, sembla de moins en moins méfiante. Le regard azur de Perlon vint se perdre une fois ou deux dans les yeux verts de la jeune Irlandaise. Il avait remarqué qu'elle n'était pas insensible à son charme - comme lui d'ailleurs, incorrigible dragueur - et il avait surtout compris que Joshua cherchait lui aussi très souvent l'esquisse d'une décision dans les yeux de la grande sœur. La longue élocution impeccable de Perlon dans la langue de Shakespeare focalisa l'attention de la mère, et même les deux bourrus stoppèrent un moment leurs comptes d'apothicaires. Perlon avait cette facilité à capter l'attention. Un don lorsque l'on est entraîneur et que l'on s'adresse à des jeunes footballeurs. Il avait aussi cette conscience professionnelle à toujours tout connaître de ses athlètes sur le bout des doigts ; physiquement, mentalement, tout en s'enquérant un peu de leur vie privée. Surtout, ses capacités linguistiques incomparables lui permettaient de s'adapter en toutes circonstances et facilitaient aussi l'intégration des autres.

Perlon continua à discourir, à évoquer sa propre expérience, ses débuts et ses premiers choix. Il évoqua les bons conseils qu'on lui avait donnés en début de carrière, ceux de franchir les étapes une à une. Il évoqua également sa grave blessure, à 19 ans, à Paris, lors de ces débuts.

Puis il revint sur Joshua. Il lui expliqua qu'il voulait faire de lui un vrai buteur. Mc Kinney était catalogué comme attaquant de soutien, comme un ailier dribbleur pourvoyeur de ballons. Perlon lui expliqua comment il voulait le replacer dans l'axe de son attaque, afin qu'il puise dans ses capacités pour devenir un *goleador.* Le garçon était touché en plein cœur, c'est sûr. Perlon finit par lui dire qu'après son club irlandais, passer par un club intermédiaire comme Bordeaux lui permettrait de s'aguerrir pour rebondir ensuite à Londres, mais pourquoi pas encore mieux, à Madrid ou à Barcelone !

Scott et sa femme Suzan avaient déjà commencé à se parler par messes-basses. Bud avait été sommé « de ne plus l'ouvrir », dixit sa sœur Linsley, qui avait entamé le dialogue avec Perlon. Cadre de vie, région, etc., tout était passé en revue. Atché proposa même que Bud s'installe avec son frère en Aquitaine, en lui proposant un poste à la sécurité du club. Le Président bordelais évoqua aussi une aide financière et matérielle à la famille si elle décidait de faire construire une nouvelle maison à Dublin. Saint-Élis Immobilier devait bien avoir quelques chantiers en Irlande. Perlon le toisa du coin de l'œil, mais pas surpris.

Les Mc Kinney, brave famille irlandaise, venaient de voir ressurgir des valeurs dans lesquelles ils croyaient pour leur fils, tout en alliant l'aspect confortable de la proposition. Il n'était plus question que d'argent, dans le discours de Perlon, mais un peu quand même, grâce à Atché. La jovialité et l'enthousiasme de Bolder avaient emballé le tout. Le trio semblait avoir fait mouche. Les Mc Kinney demandèrent à se retirer un moment.

Atché passa un coup de fil à Gravet pour le tenir informé de la situation. Il lui dit aussi de se tenir prêt pour envoyer les bons documents qualifiant le joueur aux instances du football. Puis il répondit en direct live à Gomes, toujours en show à Buenos-Aires, avec son Argentin. Mélissa aussi, bien sûr, avait laissé un message. Mais il ne la rappela pas. Autour d'un verre, Perlon, Atché et Bolder évoquèrent encore une fois Ademoah, leur stupeur, leur horreur. Perlon regrettait de ne pas s'être immiscé plus dans la vie du Nigérian. Là encore, c'était une leçon à retenir, lui qui prenait d'habitude le temps de bien connaître l'environnement de ses joueurs.

Au bout d'une heure, les Mc Kinney sortirent de leur colloque familial. C'est le patriarche qui prit la parole.

– Monsieur Atché, vous nous avez convaincus. Nous avons quelques points de détails à régler, mais normalement, notre fils rejoindra Bordeaux et peut partir avec vous ce soir si vous le désirez, avec son frère…

L'affaire était gagnée. Les protagonistes effectuèrent les démarches administratives les plus urgentes. Le fax de validation du transfert partit à 22h05 (23h05 à Bordeaux) le relais fut fait par Simon Gravet, dans sa petite permanence nocturne du bureau des allées de Tourny. Les Mc Kinney et les Bordelais purent enfin s'asseoir autour d'une table de l'hôtel Royal Dublin pour déguster un *irish stew,* une *mushroom soup* ou quelques charcutailles du pays, sans oublier une bonne Guinness ou un whisky pur malt. Atché demanda juste un instant, se mit à l'écart et décrocha son téléphone :

– Osvaldo ? Ta grande saucisse d'Argentine, tu peux te la mettre dans le cul !

*****

Le lendemain matin, Perlon se réveilla assez tard. L'entraînement était programmé dans l'après-midi, et il avait pu récupérer un peu de sa soirée mouvementée. Le retour d'Irlande s'était effectué dans la nuit, et il avait fallu installer à l'hôtel les deux frères Mc Kinney. Le jeune Joshua serait dispensé d'entraînement pour sa première journée, afin de répondre aux examens médicaux. Des tests que les joueurs passent normalement avant toute signature de contrat, mais cette fois, les dirigeants bordelais avaient pris un petit risque. Certes, Steve Bolder disposait d'un dossier assez béton sur la santé du jeune homme, mais sait-on jamais. C'est en tout cas à cela que Perlon pensait en s'habillant. Il fit un saut chez son poissonnier, d'habitude si loquace avec lui et aujourd'hui si muet. Le quotidien régional était posé sur le comptoir du commerçant, à la page des sports.

Perlon préférait, il n'avait pas vraiment envie de converser. L'entraîneur bordelais avait choisi d'occuper un magnifique loft en bord de Garonne, quartier des Chartrons. De sa terrasse, il disposait d'une large vue sur l'estuaire girondin, la couleur ocre de son eau. De droite à gauche il pouvait contempler le pont de Pierre, vestige napoléonien, le récent pont Chaban-Delmas, soucoupe volante récemment posée et plus loin, le pont d'Aquitaine, impressionnante guirlande en suspension.

Perlon venait régulièrement faire son marché chez les commerçants du coin, discourait volontiers de la santé et des résultats du club, avec les pro ou les anti-Bordeaux. Mais aujourd'hui, l'humeur n'était pas à la discussion. Une fois n'est pas coutume, il n'avait pas encore lu *Aquitaine Éclair*. Il voulut acheter en sus le grand quotidien national sportif. De retour chez lui, il prit un moment pour parcourir le journal spécialisé, survola les quelques papiers évoquant les différents hommages des acteurs du football au regretté Ademoah que la moitié ne connaissait pourtant pas six mois auparavant - dingue comme certains peuvent être hypocrites pensa Perlon - puis il lut les témoignages des avertis - ou non - du dopage. Le quotidien consacrait bien sûr une large page à la dernière journée des transferts du mercato hivernal. La signature de Mc Kinney faisait partie des gros titres.

Le journaliste faisait l'éloge de ce jeune prodige irlandais et louait - parfois de manière sarcastique - la capacité des dirigeants bordelais à réagir très vite dans ce moment de douleur et à souffler un joueur au nez et à la barbe d'un des meilleurs clubs européens.

Puis un petit encadré focalisa l'attention de Pierre Perlon :

« Desendorf signe à Amsterdam ». Le journaliste n'oubliait pas de mentionner que « Desendorf, dont le méchant tacle conduisit tout droit Ademoah à la mort », s'était entendu avec ses dirigeants pour quitter le club de Marseille et rejoindre, sans indemnité, la formation de la capitale batave. Le joueur n'ayant souhaité faire aucune déclaration.

Perlon resta coi. Il fut sorti de ses songes par la sonnette de sa porte d'entrée. Jean-Louis Etchegarray, le médecin du club, se tenait droit devant lui, le regard livide.

– Je peux te parler ?

Perlon le fit entrer, s'asseoir sur le somptueux sofa et lui servit un remontant à l'anis. Jean-Louis Etchegarray était habituellement un personnage bon vivant, déconneur. Du moins en surface. L'homme d'une cinquantaine d'années avait pourtant dû affronter la terrible mort de son fils, tué lors d'un accident de la route six ans auparavant. Il ne laissait jamais rien paraître de cette douleur, et au contraire, se trouvait souvent au chevet des joueurs qui pouvaient rencontrer quelques problèmes. Il poussait plus loin que le suivi physique, vers le psychologique. Il trouvait toujours les bons mots. Perlon et Etchegarray, sans véritablement être des amis, aimaient à se chambrer gentiment dans les couloirs des installations du club et s'arrangeaient toujours pour partager les mêmes tables lors des soirées de gala avec sponsors et consorts. Il y avait une sorte de *feeling* entre les deux hommes. Mais Perlon n'avait encore jamais vu le Basque avec une telle mine.

– Qu'est-ce qui se passe ? demanda l'entraîneur.

– Une grave nouvelle : l'autopsie a déjà été pratiquée sur Ademoah. Ses organes vitaux étaient vraiment touchés, et le premier diagnostic a été vérifié. Mort par empoisonnement du foie, entraînant un arrêt cardiaque.

– Et ?

– La police scientifique a mis le paquet. Analyses toxicologiques, expertise d'anatomo-pathologie. Les tests montrent qu'Ademoah, en plus de se parfumer le nez à la cocaïne, aurait utilisé à fortes doses un produit appelé l'Oral-Turinabol. Un stéroïde anabolisant !

– Ce n'est pas toi qui lui as fourni cette saloperie, Jean-Louis ?

– Non, j'te jure, Pierre. Tu sais très bien comment on procède, et nos petites « cures » sont sans aucun danger. Des produits parfois interdits, certes, mais toujours à base de produits naturels. Ou nous utilisons de simples compléments alimentaires. À des années lumière de ces drogues qui sont de véritables bombes ; des substances synthétiques modifiées. J'ai peur qu'on m'accuse Pierre. J'ai peur de ce qui va nous arriver.

Il hésita, avant de poursuivre, en parlant plus fort, comme pour se justifier.

– Tu sais nous, on essaie de les bichonner nos joueurs. On va même maintenant jusqu'à leur examiner les eaux minérales !

– Je sais, je sais, calme-toi Jean-Louis…

Perlon comprit l'urgence de la situation dans le regard livide du médecin. Pour le moment, seule la police était au courant. Il avait confiance en Etchegarray. D'un coup, beaucoup moins en Ademoah.

– Et comment Ademoah a pu passer entre les mailles du filet, alors qu'il a été soumis à un contrôle d'urine il n'y a pas si longtemps ?

– Je ne sais pas Pierre. Peut-être a-t-il utilisé cette vieille technique qui consiste à pisser rapidement avant d'être contrôlé ; un stratagème de cycliste pour dire qu'on ne peut pas pisser. Puis le type revient quelques dizaines de minutes plus tard. Il a ainsi le temps de s'organiser, de porter je ne sais quel flacon. Autre solution, un petit tube plein d'urine glissé dans l'anus, avec un tuyau scotché sous les parties. Il n'y a plus ensuite qu'à ouvrir le robinet…

Perlon eut un temps d'arrêt avant de reprendre. Il venait d'imaginer Ademoah se placer un tube de pisse dans le rectum. Cette vision le fit tressaillir.

– Ce produit, tu en sais un peu plus ?

– Je me suis documenté et j'ai appelé un de mes amis du laboratoire de Châtenay-Malabry. Je sais que l'Oral-Turinabol a eu son heure de gloire dans les années 70. Il a été utilisé notamment par les athlètes de l'ex-Allemagne de l'Est. Surtout les nageurs. C'est une société du nom de *Jenapharm* qui produisait ces « pilules bleues ». Des tonnes et des tonnes ! Le cocktail est explosif : c'est un produit capable d'augmenter la force, la vitesse, la résistance et les performances des athlètes. J'allais oublier : la masse musculaire est aussi ultra-développée. ».

– La vache ! Perlon resta interloqué. « De quoi se transformer en buffle » pensa-t-il.

– Ce n'est pas tout : mon ami de Chatenay m'a aussi faxé ceci : c'est une substance interdite chez les sportifs depuis le 7 mars 2000. Elle est difficilement détectable directement car son temps de métabolisation est de 16 heures. Indétectable jusqu'à la fin des années 80, début 90, ce produit reste maintenant trahi six semaines par ses métabolites. Il a été remplacé par l'EPO et ses dérivés !

– Ademoah savait qu'il serait pris à un moment ou à un autre avec cette foutue pilule, qu'est-ce qui lui est passé par la tête ?

– C'est simple, ce bazar provoque un état de manque, il n'a pas dû pouvoir se contrôler.

– C'est ce truc qui l'a tué ?

Etchegarray ne répondit pas. Les deux hommes se regardèrent un moment. Perlon servit deux autres verres.

– Il va falloir prouver que Mickael se fournissait ailleurs que chez nous, sinon, ça va mal se terminer pour tout le monde argua Perlon, les sourcils terriblement froncés.

– Je risque la prison, et surtout, de me faire traîner dans la boue confia Etchegarray.

– Et dire que je ne me suis aperçu de rien lança Perlon. Il jeta un œil sur la photo de ses enfants. Il respira un grand coup, finit son verre, et prit le médecin par le cou.

– On va s'en sortir, je vais m'occuper de prouver ton innocence, et de celle du club par la même occasion. Il faut expliquer que c'est un cas isolé. Tu as prévenu Atché ?

Etchegarray se pinça les lèvres. Il mit plusieurs secondes avant de lancer, hésitant :

– Non, non, pas encore, j'ai filé tout droit chez toi.

– Appelle-le et fais-lui un topo. J'ai confiance en lui. Rentre chez toi voir tes enfants, collabore gentiment avec la police et essaie de gagner un peu de temps. Et surtout, gaffe aux journalistes, ces charognards vont rôder autour de ton bureau.

Jean-Louis Etchegarray ne semblait pas très rassuré. Voire très inquiet.

*****

Mélissa était rêveuse. Crayon à papier coincé dans la bouche d'un côté et tenu par la main gauche de l'autre, main droite occupée à enrouler ses mèches pour en faire des boucles, elle regardait, dans le vague, l'horloge clic-claquer et avancer irrémédiablement vers midi.

– On dort, Marchand ! ? vint s'époumoner devant elle, sourire aux lèvres, le rédacteur en chef, comme un coucou sorti tout droit du cadran.

– Vous avez mangé du chèvre, ce matin ? rétorqua-t-elle tout net.

Les yeux du patron de la rédaction devinrent ronds comme des ballons. Ébahi, il tourna les talons sans en rajouter. Quelques gloussements s'élevaient des bureaux voisins.

Depuis hier déjà, Mélissa feuilletait son gros dossier sur Ademoah, rassemblé par son service documentation et étoffé de ses propres archives. Au-delà d'un comportement quasi-irréprochable sur le terrain, la vie du footballeur, qui venait de prendre fin de façon tragique, était emplie de douleur. Famille décimée lors d'un coup d'état au pays, frère aîné tôlard, Viktor, accusé de plusieurs meurtres et condamné à mort, attendant la peine suprême comme un demi-millier de ses congénères, dans les terribles couloirs macabres des prisons de l'ancienne capitale, Lagos. Pas de trace de liens entre Michaël et son frère, si ce n'est quelques articles de la presse nigériane, relatant le destin si différent des deux hommes, pour une conclusion pourtant similaire.

Sa vie privée, Michaël la passait en menant grand train. Lorsqu'il jouait en Italie, il avait affolé les unes et les rubriques people, pas seulement dans les colonnes des journaux sportifs et des sites internets. À Bordeaux, arrivé depuis peu, et dans un univers un peu moins festif, il n'avait pas encore eu le temps de faire parler de lui côté cour et cœur, même si certains avaient pu le croiser très tard à la sortie des boîtes de nuit des quais de Paludate. À Milan, il avait été auditionné dans une affaire de cocaïne, sans être inquiété. Il avait aussi été arrêté ivre, un soir de victoire, au volant de son cabriolet, surpris à se faire faire une fellation. À cette lecture, Mélissa ne put s'empêcher un petit sourire.

À Bordeaux, il occupait une magnifique villa citadine dans le quartier huppé de Caudéran, ancienne commune rattachée au Port de la Lune en 1965. La police devait déjà avoir mis les scellés, et avoir tout retourné pensa la jeune journaliste, dont le goût du crayon dans la bouche commençait à devenir amer.

Mélissa continua à feuilleter les coupures de journaux, à multiplier les fenêtres du navigateur Mozilla sur son *PC* pour explorer sur le *web* les différentes gazettes, *Facebook* et *Twitter*, réseau sur lequel Ademoah comptait 75 000 *followers* !

Vers 13 heures, un collègue attentionné vint lui tendre une assiette de salade. Elle continua à feuilleter en grignotant. Son attention fut soudain captée par un article trouvé via un lien Facebook. Un magazine appelé

« *Bassin people* », décliné en papier glacé et sur le net. Elle put y lire : « Le footballeur Ademoah et miss Aquitaine, Léa Serce, au bar de l'Oubli, à Arcachon » commentait la légende en surimpression d'une photo deux cols en bas de page, où, au beau milieu d'une foule bon chic bon genre au teint halé par les rayons de soleil de l'été, Ademoah enlaçait la jeune femme, d'une manière affectueuse assez explicite.

« Banco ! » lâcha très fort Mélissa. Un tel témoignage ne pourrait qu'apporter un plus à son enquête. Elle se mit rapidement en quête de l'adresse et du numéro de téléphone de cette fameuse Léa Serce.

*****

Puff Dady et Jimmy Page déchiraient l'air de leur *Come with me* au travers des haut-parleurs de l'Audi TT. Perlon poussait quelques accélérations à 100 à l'heure dans les rues bordelaises, malgré la pluie incessante, pour arriver à temps à l'entraînement. Il fallait intégrer Joshua Mc Kinney en cette fin de mardi et commencer à mettre en place une équipe pour le déplacement à Lille du samedi. Un rendez-vous délicat pour le club, après ces événements. Le président Atché avait bien envoyé une demande pour le report du match, mais la fédération, la ligue professionnelle et la commission d'éthique - sur laquelle comptait beaucoup le président - n'avaient pas encore rendu leur verdict. Une autre décision était cependant tombée : celle concernant la date des obsèques de l'attaquant africain. Une cérémonie aurait lieu le lundi suivant, mais le corps serait rapatrié au Nigeria pour qu'Ademoah trouve sépulture auprès des siens ; ce n'est pas la famille du défunt qui avait pris cette initiative, mais la fédération de football du pays, avec l'accord d'un des oncles de feu le joueur africain.

La séance à huis clos que mena Perlon se déroula dans une atmosphère très assidue, voire tendue. Les espiègleries habituelles entre joueurs n'étaient pas les bienvenues. Le jeune Mc Kinney ne débutait pas dans les meilleures conditions, pis encore, certains de ses futurs équipiers le regardaient déjà de travers. Dépaysé, relativement intimidé, le jeune prodige irlandais ne montra pas grand-chose sur ses premières touches de balles. Il rata même quelques contrôles faciles. Perlon prit soin de beaucoup lui parler durant l'entraînement qui s'acheva pour tout le monde un peu plus tôt que prévu. Mc Kinney allait être présenté officiellement à la presse convoquée après la séance, avec traducteur, un moment que tout le staff bordelais redoutait, pour toutes ces questions qui allaient tourner autour d'Ademoah. Mais il fallait y passer. Le président Atché et le directeur Gravet étaient bien là. Perlon serait cette fois dispensé de discours aux *médias.* Les sommités avaient décidé de nier en bloc les accusations ou supputations de dopage. Atché avait même lancé en début de séance: « Je ne suis là que pour évoquer l'arrivée de Joshua Mc Kinney, à la moindre question sur Ademoah, je quitterai la salle ». Mais les questions tombèrent comme la pluie.

Pour Perlon, le principal était désormais de prouver à la police que le club et son médecin n'étaient en rien impliqués dans les pratiques d'Ademoah, en essayant de remonter certaines filières. Comme le club n'était pas forcément non plus très clair par rapport à ses propres pratiques médicamenteuses, il voulait agir vite pour éviter un amalgame: le dopage doux et le dopage dur existent, comme existent drogues douces et drogues dures. Ademoah avait abusé et avait sûrement été abusé, mais ce n'était pas le fait du club, et il fallait le prouver. La police et la commissaire - la prétendue terreur Julienne Lorat - ne prendraient certainement pas de gants.

Une fois chez lui, Perlon se mit à enchaîner les exercices de musculation. Pompes, tractions, abdos. Il aimait à se « faire mal » pour entrer dans sa bulle et se concentrer. Une façon de muscler sa réflexion.

*****

En ce mercredi matin, Mélissa Marchand prit le volant de son Austin Mini Cooper pour s'élancer sur la route du Cap Ferret. Elle était grande fan de ces voitures. Un héritage paternel pour Mélissa : son père avait toujours eu le béguin pour Londres, les Sex Pistols, et avait même possédé dans sa jeunesse une Mini recouverte de l'Union Jack.

Durant les soixante-quinze kilomètres qui séparent Bordeaux centre du Cap Ferret, via les départementales 213 et 106, et entre les morceaux *reggae* de ce bon vieux Bob, Mélissa multiplia les coups de fil. Elle trouva tour à tour le répondeur du président Atché, - qui ne voulait décidément plus lui parler - celui du directeur de la communication, « Monseigneur » Capdeville, et ne réussit à joindre aucun de ses interlocuteurs. Elle n'avait que l'ancien numéro de Perlon et elle n'avait pas encore pris le temps - ni la manière - pour récupérer le nouveau. Il faut dire qu'elle n'était pas, jusqu'à présent, en odeur de sainteté auprès de l'entraîneur en chef et manager du club bordelais. Le « pot » de l'autre soir avait un peu réchauffé leur relation, mais la suite qu'elle donnerait à ses papiers risquait de les geler complètement.

Mélissa, pensive, se remémorait ce match, et ce coup fatal de Desendorf sur Ademoah. Elle se rappelait aussi de l'entretien avec le Nigérian, lors de son arrivée, en juillet de l'année précédente. Elle avait rédigé son portrait pour *Aquitaine Éclair*. Un mec charmant au premier abord, déconneur, dragueur. C'est ce qui avait dû plaire à Léa Serce. Cette dernière attendait Mélissa pour déjeuner. La jeune journaliste n'avait pas eu trop de mal à trouver le numéro de portable de la miss régionale, via le correspondant d'*Aquitaine Éclair* dans le petit village natal de la jeune femme, Arès. Léa et Mélissa se retrouveraient aujourd'hui avenue de l'Océan, au restaurant « L'Escale », établissement reconnu pour la qualité de sa cuisine mais aussi pour son point de vue : une terrasse en vis-à-vis avec la dune du Pyla, la mer et les parcs à huîtres. Le restaurant était aussi l'un des rares à être ouvert hors saison, au début du mois de février.

Les deux jeunes femmes n'eurent pas beaucoup de mal à se reconnaître. En cette période, les clients n'étaient pas légion. Mélissa avait la photo de *Bassin people*, mais la beauté et la prestance de Léa Serce l'auraient de toute façon aiguillée. Une fois son anorak rembourré sous le bras, c'est une grande femme filiforme, yeux bleu clair, cheveux longs et blonds, que Mélissa découvrit. Qu'elle aurait pu, au premier abord, taxer d'anorexique. Mais Léa Serce dégageait une vraie grâce et le charisme d'une sylphide qui la rendait très aérienne, presque inabordable. Mélissa eut un temps d'hésitation, presque de gêne, mais se reprit pour l'aborder et la saluer plus chaleureusement.

Les deux femmes furent conduites vers une petite table, le long d'une baie vitrée. Le soleil perçait au travers de la véranda. La dune se dressait là, sous les vents, gardienne de l'entrée du Bassin d'Arcachon.

– Il s'agit, comme je vous l'ai indiqué au téléphone, de parler de la nature de votre relation avec Michaël Ademoah, lança Mélissa.

– Je vous dirai tout ce qu'il est possible et correct d'évoquer. Il y a des choses qui ne seront peut-être pas bonnes à publier, répondit Léa.

– Vous sortiez ensemble ?

– Oui. Deux semaines après son arrivée à Bordeaux, il est venu passer une soirée à Arcachon avec quelques-uns de ses coéquipiers. Nous avions des amis communs, et c'est ce soir-là que nous nous sommes rencontrés. C'était quelqu'un de très charmant, il m'a abordée en fin de soirée, puis on s'est revu le week-end suivant.

– Et ? lança trop naïvement et presque à regret Mélissa.

– Vous voulez un petit dessin ?

Les deux jeunes femmes se regardèrent en souriant. Le petit ramequin d'olives avait été dévasté. Léa avait commandé un bar grillé, Mélissa un tournedos au poivre. Une bouteille de Tariquet, déjà entamée en guise d'apéro, viendrait égayer la conversation en même temps que les papilles. Devant les deux tops modèles qu'il avait face à lui, le serveur fit un peu de zèle, vantant les vertus du plat du jour, - poisson empereur et son trépané d'algues aux cèpes - que déclinèrent les deux égéries. Il n'en finissait plus de gesticuler, de blaguer, mais les deux femmes avaient des choses à se raconter.

– Vous êtes restés ensemble combien de temps ?

– Jusqu'en novembre. Presque quatre mois. Jusqu'à ce qu'il se transforme littéralement. Michaël, malgré sa réputation de macho, était quelqu'un de très attachant, vraiment gentil et je crois infiniment amoureux, même s'il était d'une nature des plus libertines. Je sais qu'il a eu une aventure avec une autre fille. Mais ce n'est pas ce qui nous a séparés. Je n'étais pas très amoureuse, mais je crois que chacun y trouvait son compte. Il a commencé à être beaucoup moins gentil, beaucoup moins présent et… enfin, ça s'est fini entre nous.

– Dites-moi tout Léa !

– Il y a des choses que je ne peux vous dire, parce qu'elles toucheraient à son intimité, et que ça ne doit pas paraître dans les journaux.

– Si je vous garantis de ne rien écrire sur ce sujet ?

– Un peu trop facile… susurra Léa.

– Vous savez, j'essaie juste de comprendre pourquoi un sportif de haut niveau, en pleine forme, à seulement 29 ans, a bien pu décéder d'un arrêt cardiaque ; enfin, selon la version officielle…

Léa Serce s'arrêta le temps de réfléchir un long moment. Puis elle prit un ton grave :

– Michaël était malade, gravement malade…

Mélissa resta interloquée. Léa poursuivit.

– Il ne voulait pas m'en parler, mais j'ai découvert quelque chose. Comme j'ai beaucoup voyagé, notamment pour participer au concours miss France durant cette période, je lui ai proposé mon appartement, ici, au Ferret. Il l'a donc occupé pendant un moment. Un jour, je suis rentrée plus tôt que prévu, il était à l'entraînement. J'ai découvert en vrac dans mon salon des seringues, de la drogue blanche en poudre, des pilules bleues, mais aussi tout un tas de médicaments. Je pensais qu'il ne fumait que de l'herbe, et cette découverte m'a révoltée.

– C'est effectivement quelque chose de grave; mais pourquoi dites-vous qu'il était malade !?

– Nous avons eu une discussion houleuse à son retour. Il n'a pas voulu me dire ce qu'il prenait, héroïne, cocaïne ou je ne sais quoi. Mais les médicaments, j'ai noté leur nom. Certains mêmes, j'en avais déjà vu. Je me suis renseignée.

Léa s'interrompit.

– Avant de poursuivre, je veux que vous me juriez de ne pas écrire ce que je vais vous dire.

– Je vous le jure, répondit Mélissa en croisant les doigts derrière sa chaise.

Léa Serce leva la tête pour s'assurer qu'on ne l'entendrait pas.

– Ces médicaments sont réservés aux personnes séropositives...

Mélissa était estomaquée. Elle ne put s'empêcher une série d'onomatopées. Elle le tenait son scoop. Tout se mélangeait dans sa tête. Comment avait-il pu continuer à jouer au football malgré sa maladie ? Le club n'était-il pas au courant ? Perlon ? Le président Atché ? Il n'y avait pas eu de fuite, le rendement du joueur était resté identique, il avait même été encore meilleur en décembre et janvier. Mélissa ne savait plus que dire. Elle se reprit.

– Et vous l'avez quitté, euh... pour sa séropositivité ?

– Certainement pas ! dit Léa d'un ton très sec. Vous me prenez pour un monstre ?

Elle s'arrêta un instant. Elle s'étonnait de cette question. Mélissa baissait les yeux, un peu gênée. Léa reprit.

– J'ai des personnes dans mon entourage, des amis très proches, qui subissent cette maladie depuis des années et je peux vous dire qu'ils ont vraiment besoin de soutien ! Même s'ils vivent avec, c'est une souffrance au quotidien. Psychologiquement, c'est un étau. Michaël, j'ai voulu l'aider dans cette épreuve, mais lui est devenu presque fou. Je l'ai retrouvé parfois dans de drôles d'états. En quelques jours, on s'est disputés plusieurs fois, toujours plus violemment, jusqu'au jour où...

– Où ?

– Il m'a frappée. Deux fois au visage. Il faut dire que je l'avais menacé de tout raconter s'il refusait de se faire suivre sérieusement et s'il n'arrêtait pas de se droguer. Il s'autodétruisait. Enfin, il s'est autodétruit...

– Ça marque la fin de votre relation ?

– Oui. Il est parti en claquant la porte, on ne s'est plus jamais revus.

Mélissa hésita, mais lança :

– Et vous avez conservé ses affaires ?

– Vous ne vous arrêtez jamais ?

– De ?

– Posez vos questions ! Vous êtes une assoiffée !

– Désolée. J'essaie de comprendre.

– Oui, j'ai toujours ses affaires.

– Je peux les voir ?

Léa Serce acquiesça. Le serveur dut faire marche arrière avec ses deux cafés. Les demoiselles ne répondirent pas à son sourire. L'addition s'il vous plaît. C'est Mélissa qui régla.

Dehors, quelques touristes visiblement ébahis du paysage venaient d'être débarqués sur la jetée par le bateau faisant la liaison entre Arcachon et le Ferret. Le soleil pointait son nez pour éclairer la dune du Pyla. Les appareils photos étaient de sortie. Léa Serce posa sur son nez de larges lunettes de soleil, dotées d'un grand D sur le côté. Mélissa commença plutôt par enfiler ses gants et son bonnet de laine. La chaleur de la véranda du restaurant opposée à la froideur de l'extérieur avait provoqué un vrai choc thermique sur les oreilles de la reporter, rougies et douloureuses.

Les deux femmes prirent leur voiture pour quelques minutes de route. La jeune miss et mannequin possédait un appartement cossu, qui devait valoir une petite fortune, dont le *summum* résidait dans un salon, qui, derrière ses grandes baies vitrées, offrait un panorama magnifique sur l'ensemble du Bassin. Île aux oiseaux, cabanes *tchanquées,* quelques voiliers malgré le froid ; un endroit de rêve. Léa ouvrit la porte, proposa un café à Mélissa, qui accepta, puis emmena la journaliste vers un bureau transformé en débarras. Là étaient entreposées les affaires d'Ademoah.

– Allez-y, regardez et prenez ce que vous voulez, glissa Léa avant de repartir vers la cuisine.

Dans une boîte à chaussures, Mélissa trouva quelques sachets de ce qui semblait être de la cocaïne, des pilules bleues, et des boîtes de médicaments du nom de *Reyataz* et *Norvir.* Un sacré cocktail. Pas mal de fringues, chemises à fleurs, costards et ensembles haut de gamme. Des affaires de foot, aussi, crampons, shorts, chaussettes, maillots, à l'effigie du club bordelais. Un lecteur DVD, un lecteur MP3, un *Ipad,* quelques coupures de presse dans un classeur, dont le portrait que Mélissa avait écrit de lui. Un petit carnet, aussi, avec quelques adresses. Quasiment vide, comprenant à peine une vingtaine de personnes référencées. Un petit répertoire visiblement commencé à son arrivée à Bordeaux, puisqu'il ne comportait que des numéros de dirigeants (le président Atché, le directeur Gravet, et un portable avec griffonné N. de Saint-Élis) ou joueurs du club (bingo, le numéro de Perlon ! pensa Mélissa), quelques restaurants et trois autres patronymes inconnus avec seulement des numéros de portables. Mélissa organisa une petite mise en scène avec toutes ces affaires pour prendre une photo. Puis elle nota les numéros, prit en photo chaque médicament, pilule ou drogue, avant de tout replacer méthodiquement.

Au café, Mélissa expliqua à Léa qu'il faudrait peut-être donner toutes ces affaires à la police.

Léa regarda fixement Mélissa.

– J'ai réfléchi, et je pense qu'il n'est pas bon que vous me citiez et que vous m'associez à cette histoire. J'ai peur d'en pâtir dans ma vie professionnelle et dans ma vie privée. Vous n'avez qu'à tout raconter, même sa séropositivité si vous le jugez nécessaire, mais de grâce, ne me citez pas.

Cette fois, Mélissa jura, sans croiser les doigts. Léa paraissait d'un coup si fragile. Après tout, la miss avait vraiment collaboré, et l'avait fait grandement avancer. La jeune journaliste compatissait, et se dit qu'elle tournerait son article pour protéger au maximum le jeune mannequin. De toute façon, il lui faudrait obtenir des confirmations, d'autres preuves et d'autres sources pour corroborer les dires de Léa, et trouver le début de la séropositivité d'Ademoah. Tout au moins le jour où lui l'avait découverte ; visiblement, cela coïncidait avec son changement d'humeur. Mélissa posa d'ailleurs cette question :

– Est-ce que vous avez une idée de la façon dont Michaël a découvert sa maladie ?

– Je pense que c'est en passant un test avant une sélection nationale. C'est ce que j'ai cru comprendre. Mais je ne suis sûre de rien, on n'arrivait plus à se parler.

– Euh, je sais que j'abuse mais vous… vous n'avez pas été touchée par la maladie ? Enfin je veux dire que je l'espère, que vous n'avez pas été touchée ! ?

– Si ça peut vous rassurer, non. Si ce n'est pas vraiment le cas en Afrique, il existe en France des moyens de se protéger.

Les deux femmes se remercièrent, Mélissa pour ces informations, et Léa, pour avoir eu une oreille attentive. Finalement, Mélissa se dit que Léa Serce semblait soulagée d'avoir pu se confier.

Sur la route du retour, Mélissa prit son bloc-notes où elle avait inscrit le numéro de Perlon. Elle le composa avec une certaine appréhension.

« Vous êtes en relation avec la boîte vocale de Pierre Perlon, laissez un message, je vous rappellerai dès que possible ».

« Pierre Perlon, c'est Mélissa Marchand. J'ai besoin de vous parler ».

*****

Le téléphone portable de Perlon se mit à vibrer. Il regarda regarda du coin de l'œil qui pouvait l'appeler. Un numéro privé, il ne répondrait pas. Il éteignit même le téléphone pour revenir devant le banc de montage vidéo. Après la séance d'entraînement du jour, Perlon avait décidé de se repasser les douloureuses images du match contre Marseille. Et plus l'entraîneur bordelais voyait ces images, plus il avait du mal à contenir son énervement, sa colère, sa rage. Il rêvait même d'une chose : empoigner Christian Desendorf et lui rendre la pareille. Plus l'avance et le retour rapide maltraitaient le DVD, plus Perlon se forgeait des certitudes en maltraitant les bords du cahier où il notait ses observations. Le grand Allemand avait délibérément orchestré son geste assassin. Il était arrivé en retard, alors qu'Ademoah filait au but, sans jamais réellement vouloir jouer le ballon. Il ciblait les jambes du Nigérian et il avait réussi dans son œuvre. Le pire, c'est que pour ce geste, il ne risquait même aucune suspension, puisque Desendorf était déjà parti de France pour jouer aux Pays-Bas. Il fallait que la demande de suspension – « de radiation ! » maugréait Perlon – aille jusqu'aux instances internationales.

– Quelle ordure ! lâcha-t-il à son assistant, Fred, en charge de la vidéo.

Tout le match, en fait, Desendorf avait mis des coups et provoqué Ademoah. Les images étaient incroyablement parlantes. Véritable stoppeur à l'ancienne, le rugueux défenseur d'outre-Rhin ne l'avait pas lâché d'une semelle. Desendorf lui avait souvent parlé au cours du match. Lors d'un corner, quelques minutes avant le coup qui avait fracturé la jambe de Mickaël Ademoah, et qui l'avait conduit tout droit vers la morgue, les deux hommes avaient eu un échange verbal très houleux. Perlon demanda à Fred d'essayer d'agrandir l'image, pour lui permettre d'observer la conversation. Les deux hommes essayèrent en vain de lire sur les lèvres, distinguant simplement quelques noms d'oiseaux, en anglais et en allemand. Mais il y avait une phrase un peu plus longue de Desendorf que ni Fred ni Pierre n'arrivaient à distinguer.

Perlon se leva.

– Ça ne servira à rien, de toute façon, on le fera pas revenir, murmura-t-il.

– Regardez là, sur l'image, coach ! s'écria Fred.

L'assistant montrait du doigt un gros plan où l'on pouvait découvrir Éliot Marin, un jeune défenseur bordelais que Perlon avait titularisé à quelques reprises dans son équipe cette saison. Un garçon d'une vingtaine d'années, très prometteur. Placé au premier poteau lors de ce corner, il semblait médusé en regardant les deux hommes.

– Je crois qu'Éliot a entendu ce que le Marseillais a craché aux oreilles de Michaël !

– C'est sûr, dit Perlon. Mais qu'a-t-il bien pu lui dire de si terrible pour lui donner tout d'un coup cette tête de zombie ?

Quelqu'un frappa à la porte. Capdeville l'entrebâilla. L'homme à la mèche. Il venait prévenir Perlon :

– Le match de samedi a été reporté par la fédération, en accord avec la commission d'éthique.

Un grand soulagement envahit Perlon. Ses joueurs étaient bien trop perturbés pour effectuer ce déplacement dans le Nord, même si la compétition sportive et ses enjeux s'étaient vraiment détachés de lui ces dernières heures. Perlon avait les idées sombres. Le foot, c'était le pognon, la drogue, la perfidie et même la mort.

– Sport de merde ! grommela-t-il.

Capdeville s'essaya sans conviction :

– Le président demande si vous voulez organiser un match amical ?

– Il est con ou quoi ?

Il sortit du grand bureau - laissant Capdeville pantois - où se situait la partie technique du centre d'entraînement. Il passa devant les terrains où un jeune garçon longiligne faisait du rab : Joshua Mc Kinney. Devant son frère Bud, dont le bout du nez rouge avait disparu sous son gros col roulé, l'international espoir irlandais enchaînait les reprises de volée. Apercevant son coach au loin, il en rajouta un peu, accélérant les prises de balles aussi vite que sa décision de faire un peu de zèle. Perlon jeta un regard, allait passer tout droit puis s'arrêta. La petite perle qu'il venait de dégotter, encore vierge de toute la noirceur qu'il accolait soudain au football, devait être préservée. Perlon approcha. Mc Kinney lança, sourire aux coins des lèvres :

– *I'm ready coach, i can play saturday evening!*

Perlon esquissa un léger rictus.

– Il n'y aura pas de match Joshua, samedi, *no game!*

Il prit un moment pour expliquer au jeune joueur qu'il ne lui aurait de toute façon pas fait débuter la rencontre. Il voulait le faire jouer au moins un match avec l'équipe réserve ; mais cette dernière, comme l'équipe première, ne jouerait pas le week-end à venir.

– *Get Ready!* lança Perlon.

– Je suis prêt, *coach!* rigola Mc Kinney, avec un accent très prononcé.

*****

– Perlon, j'écoute.

– Bonjour Pierre. C'est Mélissa. J'ai besoin de vous voir. Auriez-vous un instant à m'accorder ?

– Je quitte le centre d'entraînement et j'allais rentrer. Ça peut attendre demain ?

– Le plus tôt serait le mieux.

– Retrouvez-moi au bar de l'autre soir ; dans une demi-heure, ça vous va ?

– Parfait.

Pierre avait raccroché. Mélissa avait juste le temps de passer chez elle. Une fois dans ce petit T2, place Camille

Julian en plein centre de Bordeaux, qu'elle avait conservé de ses années étudiantes, elle passa rapidement sous la douche, farfouilla dans sa panière à dessous pour enfiler un string rouge et un soutien-gorge bleu. Elle se ravisa pour ne pas dépareiller l'ensemble, puis fit glisser le long de ses jambes un jean *Diesel.* Le débardeur noir de chez *Zara*, très près du corps, vint mettre en valeur sa pulpeuse féminité avant que cette dernière ne soit finalement cachée sous un sweat à capuche estampillé *Abercrombie.* Elle ferma rapidement la porte de son appartement, eut à peine le temps de saluer son voisin Benoît, complètement sous son charme. Celui-ci eut quand même droit à d'enivrants effluves de *Lolita Lempicka.*

*****

Pierre Perlon était passé au centre de soins, histoire de voir si Éliot Marin ne se baguenaudait pas dans le coin. Il voulait absolument parler à son jeune joueur. Il le ferait le lendemain matin. Dans la voiture, rêveur, il enfourna un CD de Sean Lennon. Le fils de John et Yoko Ono proposait une pop mélodique et envoûtante, compagnon parfait à l'évasion. À peine arrivé au morceau *Parachute*, la devanture du Café Étienne apparut aux yeux de Perlon. La place de la Victoire fourmillait comme à l'accoutumée.

Mélissa arriva presque au même moment. Olive, l'ami de Pierre, était là ce soir. Les deux hommes étaient heureux de se voir. La discussion entre les compères dura une bonne dizaine de minutes. Mélissa, en retrait, se pinçait les lèvres et commençait à trouver le temps long. Puis Pierre, s'apercevant d'un coup qu'il n'était pas venu seul - un brin goujat - présenta la jeune femme à son compagnon de jeunesse et l'invita sur un tabouret du bar. Olivier était un grand bonhomme plutôt jovial, cheveux bouclés, visage rond, menton avancé.

Mélissa eut un sourire de politesse. Elle était impatiente. Ce secret révélé par Léa Serce lui brûlait les lèvres, mais Perlon n'avait pas l'air pressé de lui accorder du temps. Les copains se succédaient ce soir, et tous faisaient bien attention de ne pas aborder les sujets sur le football. Les gars parlaient poker, voitures, musique et se retenaient, un peu, de parler « gonzesses ». Si les copains de comptoir de Perlon se faisaient discrets sur la disparition tragique de Michaël Ademoah, les allusions étaient limites sur la relation que pouvaient entretenir Pierre et Mélissa. Cette dernière montra cette fois franchement son impatience et l'entraîneur bordelais prit enfin le temps de l'écouter. Ils s'isolèrent à une petite table non sans soulever quelques grivoiseries. Mélissa, dans la glace face à elle, remarqua facilement les gestes obscènes d'un chevelu accoudé au bar. Elle se retourna pour lui proposer son joli majeur levé. Pas vraiment pour lui montrer sa belle bague ornée d'une perle couleur jade. Il se tut et les autres se mirent à rigoler.

Mélissa prit un ton grave et commença à raconter sa visite chez Léa Serce. Au fur et à mesure, la face presque hilare de Perlon – pourquoi avait-il ce sourire si stupide ce soir ? – se décomposait. Et lorsqu'après quelques minutes elle lui apprit la séropositivité d'Ademoah, la tête de Perlon ressemblait plus à une gargouille qu'à celle d'un clown. Il était abattu. Au départ incrédule, il ne put que constater la véracité des faits à la vue des photos prises par la journaliste. Excellente journaliste, pensa-t-il. Mais que voulait-elle de lui ?

– Pourquoi me montrer et me dire tout cela ?

– Parce que j'ai confiance en vous, même si je ne vous connais pas beaucoup. Disons que c'est par intuition féminine.

– Dommage que mes précédentes femmes n'aient pas eu la même intuition…

– Pardon ?

– Non, rien, excusez-moi. Ce que vous me dites est incroyable. Il n'est pas possible que le médecin du club n'ait rien su…

– Exact, c'est pour cela que je fais appel à vous.

– Vous allez tout balancer ?

– C'est tentant, je l'avoue. Mais j'ai l'impression d'avoir assez d'avance pour bétonner mes infos et aller plus loin dans le dossier. Si j'écris tout trop vite, certaines coquilles risquent de se refermer.

– Bien vu.

Perlon ne savait que penser. Était-elle sincère, ou essayait-elle de le piéger ? Mais lui n'avait pas vraiment grand-chose à se reprocher. Si ce n'est de n'avoir pas été assez vigilant.

– J'ai la désagréable impression d'avoir été trompé par le médecin du club, que je considère pourtant comme un ami.

L'entraîneur se remémorait la longue conversation qu'il avait eue avec Etchegarray ; à aucun moment il n'avait parlé de la maladie d'Ademoah. Il ne savait que penser.

– C'est un drôle de panier de crabes derrière tout cela, lança Mélissa. Entre les méthodes peu orthodoxes du dopage organisé en club et celui encore pire des réseaux parallèles, cette affaire Ademoah risque de faire exploser la vérité au grand jour : le football professionnel, comme l'athlétisme, le cyclisme ou la natation, est vérolé par le dopage. On ne peut pas y couper ! Et le club de Bordeaux, plouf, en plein dedans !

Mélissa avait mimé la chute avec ses mains. Perlon avait suivi des yeux ses larges mouvements du bras. Ça lui avait donné soif, il prit une gorgée avant de répondre.

– Laissez-moi un peu de temps pour sauver ce qu'il est possible de sauver, et surtout de savoir pourquoi Etchegarray ne m'a rien dit.

– Je vous laisse quelques jours. Mais je vous fais confiance, pas un mot à mes confrères. Je veux votre interview en exclusivité !

– Accordé.

– Ce week-end, je vais tenter de remonter la piste des fournisseurs de pilules bleues, celles trouvées chez Léa Serce…

Le mot fit tilt dans l'esprit de Perlon. Les pilules bleues, l'Oral-Turinabol… Il hésita, puis il confia à la jeune femme sa découverte. La longue conversation avec le doc. En précisant bien qu'il ne s'agissait en aucun cas d'un programme dopant proposé par le club. La jeune femme acquiesça, prit des notes sur son petit carnet.

Perlon, un brin protecteur, lâcha :

– Gare à vous, pas d'imprudence ; vous allez peut-être au-devant d'ennuis en tentant de remonter la piste de ce réseau… Prévenez au moins la police…

– Ne vous souciez pas de ça. Ils trouveront bien assez vite. J'ai encore un peu d'avance, j'en profite !

Une petite lueur inonda le regard de Pierre Perlon. Presque de l'admiration. Il prit la main de Mélissa.

– Faites attention lui souffla-t-il.

Elle sourit. Le rustre montrait un peu d'émotion. Il était touchant. Regard perçant, cheveux noirs grisonnants et courts, mâchoire carrée, – presque autant que ses épaules – lèvres fines. Un ensemble harmonieux. Terriblement beau et touchant. Peut-être que si ce diable d'entraîneur avait été moins beau, moins séduisant, peut-être aurait-elle alors été plus prompte à diffuser son reportage. Mais inconsciemment – ou pas – elle lui laissait du temps. Du temps dont elle pouvait se servir pour être proche de lui.

La seconde main de Pierre vint entourer la petite main blanche de la jeune reportrice. Il contourna la grosse perle en jade sur la bague. Elle hésita puis se retira.

– Je vous offre un autre verre ? glissa, gênée, Mélissa.

– Pourquoi pas. Enfin non, si je vous invitais à dîner plutôt ?

Ils prirent congé de la joyeuse bande accoudée au bar, et Mélissa offrit une jolie poignée de main à la victime de son doigt levé, accompagnée d'un « sans rancune ». Ce qui fit lever une nouvelle fois les ricanements. Pierre et Mélissa s'accordèrent pour se diriger, à pied, vers un restaurant appelé le *Café Populaire*. Un bar brasserie à la mode. Puis Mélissa se dit finalement qu'il y avait mieux comme endroit discret pour un repas. Elle n'avait pas envie de rencontrer une nouvelle pléiade des amis du *coach*. Son hésitation enfla au fur et à mesure de ses pas. Et à quelques mètres de la devanture elle se rétracta :

– Désolé Pierre, je dois rentrer, j'ai vraiment du boulot.

Perlon resta interrogatif, les yeux tout ronds d'étonnement.

– Vous me laissez là, comme ça, comme un…

– Un con ? Non pas du tout. Le sourire de Mélissa était plein de compassion. Elle s'approcha pour dire au revoir, pour un murmure à l'oreille.

– Je vous appelle demain si j'ai du nouveau. À bientôt.

Mélissa tourna aussitôt les talons tandis que Perlon tentait de trouver un endroit pour s'assoir. Ce qu'il fit sur le capot d'une voiture. Puis il sourit ; elle était gonflée, il aimait ça. Il se décida à entrer dans le restaurant pour y passer une bonne soirée et oublier, le temps d'une entrecôte frites et d'un bon Pessac-Léognan, les soucis de la journée. Ce détour lui permit aussi de trouver deux de ses joueurs accoudés au bar… Eux ne restèrent pas très tard.

*****

À incident exceptionnel, mesure exceptionnelle. Perlon et tout son *staff* avaient décidé de donner quatre jours de repos à toute l'équipe suite à l'entraînement du jeudi. Histoire que chacun aille s'oxygéner. Le coach avait aussi convoqué le jeune Éliot Marin pour 15 heures, espérant pouvoir s'entretenir avec lui de ce match terrible contre Marseille. Perlon pensait également voir le médecin du club après l'entraînement, pour qu'il joue carte sur table.

La séance du jour avait surtout été marquée par le joli geste technique effectué par Joshua Mc Kinney lors de la courte opposition organisée à la fin des deux heures. Coup du sombrero au-dessus du défenseur le plus capé de l'équipe et reprise de volée instantanée pour une frappe en pleine lucarne. Ce qui fit lever un « Mc Kinney! Mc Kinney! » des mains-courantes où étaient massés quelques supporters enclins à braver la température presque polaire pour un Bordelais. Ces derniers n'avaient pas manqué de déployer une nouvelle fois, face aux cameramen filmant l'entraînement, une banderole portant un message de compassion : « Ademoah, pour toujours dans nos cœurs ». Deux mois avant, les mêmes l'avaient trouvé « trop payé ».

Mc Kinney repartirait en Irlande durant ce week-end pour organiser son déménagement, tandis que le grand frère Bud commencerait à monter les premiers meubles achetés par le club. Et à installer le décodeur pour capter les chaînes irlandaises retransmettant le fameux football gaélique! Dans son programme, il passerait forcément au supermarché se composer une réserve de *Guinness*.

Perlon écourta la session et fit un petit discours de fin d'entraînement. Au moment où les joueurs rentrèrent au vestiaire, un employé du club, surpris de voir l'équipe débarquer si tôt, s'activa un peu plus pour décoller d'un casier les lettres composant le nom de Michaël Ademoah. Les têtes étaient basses, les regards sombres. L'employé se faufila dehors avant d'avoir fini.

Pierre, lui, avait déjà pris la direction du cabinet médical. Il y trouva porte close. Une feuille de papier collée sur la porte indiquait : « de retour mardi ».

L'entraîneur fit demi-tour et se dirigea vers les bureaux de la direction. Dans la salle de réception accolée, il trouva son président, Jean-François Atché, seul, accoudé au bar, cigare aux lèvres.

– Jean-Louis n'est pas là, demanda Perlon ?

– Je lui ai proposé de se reposer un peu, il a été durement secoué par les policiers, avec toutes ces merdes retrouvées dans le corps d'Ademoah.

Pierre Perlon fit la moue. Puis il lança :

– J'ai besoin de lui parler. Savez-vous où il est ? J'ai découvert certaines choses qui me font douter.

– De lui ? Je connais Etchegarray depuis bien longtemps, et je me porterai toujours garant de mon ami !

La sommité du club haussait le ton.

– Vous lui parlerez à son retour mardi. Je lui ai dit, avec l'accord de la police, de partir se reposer chez lui au Pays basque. Il reviendra pour les obsèques.

D'un ton plus paternaliste, Atché poursuivit :

– Et de quelles choses voulez-vous lui parler d'ailleurs ?

Perlon hésita un instant. Fallait-il qu'il parle de la séropositivité de l'attaquant décédé au président ? L'arrivée de plusieurs personnes dans la salle lui fit prendre la décision.

– Rien. Rien, on en parlera plus tard.

Perlon récupéra un sandwich et alla s'isoler dans son bureau. Durant l'heure qui lui restait à tuer avant son rendez-vous avec Éliot Marin, il décortiqua la presse. Mélissa Marchand n'avait signé qu'un petit papier qui insistait sur la mort suspecte d'Ademoah. Mais elle s'arrêtait surtout pour le moment sur les penchants cocaïnomanes du joueur. Dans son papier, une source anonyme confirmait avoir vu l'homme se droguer.

*****

Mélissa avait inscrit sur une grande feuille blanche une dizaine de numéros de téléphones répertoriés sur le petit carnet d'Ademoah. Elle avait fait passer cette liste à son collègue des faits-divers, qui lui-même irait voir du côté de son contact aux Renseignements Généraux pour tenter d'obtenir les coordonnées correspondant à chacun des numéros.

Puis, entre le service documentation de son journal et ses pérégrinations via le *Net,* elle se mit à faire une recherche sur l'Oral-Turinabol. Elle y découvrit notamment plusieurs articles de presse décrivant ce stéroïde anabolisant, précurseur dans le domaine du dopage, capable de transformations incroyables. Pour couronner le tout, l'OT offrait une libido accrue à ses utilisateurs. Il n'en fallait pas plus pour qu'elle comprenne ainsi le choix d'Ademoah, le coureur de jupon.

Mais ce produit avait surtout fait parler de lui pour les séquelles qu'il pouvait laisser à ses utilisateurs.

Elle réussit à recouper plusieurs sources, entre la doc et le *Net,* et notamment décortiquer un dossier complet s'appuyant sur des révélations issues des documents de la Stasi : « L'Oral-Turinabol est connu pour avoir contribué à la gloire du sport est-allemand entre la fin des années 60 et le début des années 80, et notamment pour avoir permis l'obtention de 11 médailles d'or pour la RDA sur 13 courses de natation féminine aux JO de 1976. [...] Deux millions de comprimés par an auraient été distribués à plus de 10 000 athlètes dans le cadre d'un plan d'état [...] Les documents de l'Allemagne de l'Est donnent une augmentation, en quatre années que dure une olympiade, de 2,5 m à 4 m au lancer du poids, de 10 m à 12 m au lancer du disque et de 6 m à 10 m au lancer du marteau. Les effets étaient encore plus spectaculaires chez les femmes, qui recevaient à cette époque des doses comparables à celles administrées aux hommes ».

– Mélissa, c'est pour quand ce papier ! ? cria le rédacteur en chef au milieu de *l'open-space* du quotidien.

Elle leva la tête vers lui, sortit de sa lecture les yeux frondeurs, se retint d'une quelconque réflexion, et replongea dans ses recherches. Elle commençait à se dire qu'elle en avait assez pour lâcher une véritable bombe dans le milieu du football. Elle pensait aussi que son patron n'avait pas forcément tort de la vilipender. Mais quelles seraient les retombées pour le club bordelais ?

Elle continua donc à cliquer, à surfer et *podcaster* des interviews radio. Elle passa plus d'une vingtaine de coups de fil. À force de persévérance, elle réussit à obtenir le contact d'un professeur franco-allemand, Herman Rubmit, auteur d'un livre sur le sujet. Un petit *mail* avait suffi pour qu'un rendez-vous téléphonique soit calé.

– Monsieur Rubmit, merci de m'accorder un instant.

– J'espère vous être utile.

Le professeur avait un français caricatural, aux accents des bords de Ruhr, mais précis.

Mélissa évoqua plus en détail le motif de son enquête. L'affaire Ademoah, les fameuses pilules bleues…

– Monsieur Rubmit, l'opinion publique s'était-elle étonnée à l'époque, des performances des athlètes est-allemands ?

Le professeur mit quelques secondes avant de se lancer.

– Des voix s'étaient élevées en effet pour mettre en doute les exploits des athlètes est-allemands, suggérant des « vaccins anti-fatigue » ou autres « produits miracles » non détectés par les contrôles du moment…

– J'ai lu que certains accidents étaient arrivés chez ces athlètes, voire un décès.

– *Ja! Ja!* Je peux vous dire qu'au moins un décès direct est attribué au produit Oral T : un nageur avait été découvert sans vie au fond d'un bassin après un arrêt cardiaque. La version officielle pour ses parents était une noyade suite à un malaise venu d'un état grippal. Vingt ans plus tard le rapport d'autopsie révélait la cause de la mort : empoisonnement du foie ! *VEB Jenapharm*, l'entreprise pharmaceutique fabricante a accepté il y a quelques années un règlement négocié pour indemniser 184 des athlètes auxquels elle a fourni des substances dopantes pour la gloire du sport de l'ex-Allemagne de l'Est… De plus, la firme a été condamnée à verser 170 000 euros pour la lutte contre le dopage.

La conversation continua un moment. Le professeur Rubmit eut pour conclusion :

– Je suis vraiment très étonné de voir réapparaître l'Oral Turinabol.

A priori, tout se recoupait. Les pilules bleues semblaient avoir disparu de la circulation. Mais Ademoah en avait eu en sa possession, et pour Mélissa, il n'y avait plus de doute. La mort de l'attaquant était liée directement à ce produit, et son fournisseur était son assassin. Il fallait donc retrouver trace de ce fameux fournisseur et informer le monde de ses activités. Ce qui reviendrait à le faire « tomber ».

Plus encore, Mélissa se faisait un objectif de prouver que le football était mortifié par le dopage. Son cerveau bouillonnait : cette grande nébuleuse – la grande drogueuse ! – ignorée dans le monde du ballon rond, tenue au secret par de grandes batailles juridiques ayant éclipsé une cohorte de cas, grâce aux fameux vices de procédure.

Elle réussit à joindre le responsable des sports d'une chaîne de télévision détenant certains droits TV du foot. Cette conversation fut pour elle surréaliste.

– Madame, pourquoi vous obstinez-vous ? Personne ne vous dira jamais qu'un footballeur s'est dopé. Vos histoires, ça ne fait rêver personne. Un joueur qui marque trente buts dans une saison, oui ! Désolé, je n'ai pas de temps à perdre. Et pour votre carrière, croyez-moi, il vaudrait mieux que vous vous contentiez du minimum. Je rajoute : vous me citez une fois dans votre canard et je vous colle un procès !

Elle mit presque une minute à digérer ce que son interlocuteur venait de lui dire.

Elle réprima en elle un « ben c'est ça, raccroche-moi au nez ! Casse-toi P auv'con ! ».

Son constat fut à la hauteur de son dégoût. Elle commença à griffonner quelques symboles sur une nouvelle page. Elle voulait synthétiser ses pensées : *entre les médias trop impliqués comme les chaînes de télévision, capables de verser des sommes astronomiques pour les droits des championnats et donc capables de se bander les yeux sur les « affaires » - pas d'anthropophage pour des raisons cathodiques pas très catholiques ! - les instances internationales faisant marche arrière sur les mesures de dopage, revenant seulement au test urinaire là où elles avaient préconisé le test sanguin, et,* in fine, *les réseaux trafiquants de plus en plus organisés, le fruit est vraiment vérolé. Au nez et à la barbe de tous, mais sans qu'aucun ne mette un grand coup de pied dans la fourmilière.*

Mélissa ruminait.

*****

Quelque part à Bordeaux

La tête me tourne, mes mains me brûlent. Elles saignent. J'ai l'habitude. Cette fois, c'est le verre qui me blesse. Il est cassé, il me ronge. C'est la serveuse. Elle l'a fait exprès. Salope. La tête me tourne. Les murs aussi. Sans cesse. Cette musique sourde me soulève le coeur. Toujours bien accroché, le coeur. Mais pour combien de temps ? Ma gorge est sèche. Je prends un autre verre. C'est bon, c'est sucré, c'est chaud. Qu'est-ce qu'ils ont tous à me regarder ? Ça tourne. Je vais aux toilettes. Ma face me fait peur dans cette glace. Satanée face vérolée. Gueule de putois. Face de con. Ça pue la pisse. Je n'en peux plus. Beurk, je vomis. Je suis malade. Malade. Personne ne doit la toucher. Pas même cette pouffiasse. Je vais la tuer. Je tuerai tous ceux qui veulent la toucher. Elle ne doit pas la toucher, lui faire de mal. Je vais déambuler jusqu'à la trouver, lui faire payer.

La tête me tourne dans cet espace fermé. Le bruit est trop sourd, mes bras trop lourds. Vivement le vent, l'océan. Je n'arrive plus à respirer. Aidez-moi. J'ai chaud. J'enlève mon tee-shirt. Je vais aller sur la piste pour tournoyer. Je tourne, je tourne. Poussez-vous, poussez-vous, laissez-moi danser, voler. Toi, tu veux m'embrasser ? Tu me repousses. Tu as peur, tu as raison, je suis un danger. Je suis la mort incarnée. Je suis un destructeur, le destructeur de l'humanité, de cette humanité qui m'a concassé. Laissez-moi la piste, je suis le messager.

Lâchez-moi, bande de crétins. Lâchez-moi. Elle est pourrie votre boîte. J'ai mal. Ma tête a heurté le sol. Mon nez saigne. Allez-y, buvez mon sang ! Je n'arrive plus à respirer. J'ai froid. Très froid. Il pleut. Je dois me relever. Je dois continuer à avancer. Encore un peu. Encore un tout petit peu. Putain, une dent. Encore une dent de pétée. Je dois rentrer. Je veux pas crever. Pas tout de suite.

*****

Le jeune Éliot Marin entra timidement dans le bureau du coach.

Jean délavé, tee-shirt moulant blanc sous une veste de survêtement Adidas, blouson à capuche fourrure grand ouvert, les cheveux noirs mi-longs enduits de gel pour une petite crête originale version tectonique, dressée au sommet du crâne, Éliot obéit à son entraîneur qui venait de lui intimer l'ordre de s'asseoir.

Perlon balança un coup de hanche pour faire pivoter son fauteuil. Ses yeux étaient désormais rivés sur les terrains d'entraînement du centre de formation. Il resta ainsi une petite minute, avant de se retourner face au jeune homme.

– Tout va bien, Éliot ?

– Ça va *coach.*

– Tracassé ?

– Vous... vous n'êtes pas content de mes derniers matches, *coach ?*

Pierre Perlon ne put s'empêcher d'esquisser un sourire. La convocation et son accueil un peu bourru faisaient craindre au jeune joueur une bonne remontrance, un bon « saxo » comme avaient plaisanté les joueurs peu avant dans le vestiaire. Perlon avait coutume de rencontrer ses joueurs pour leur parler dès qu'il sentait que leur comportement se dégradait ou lorsque les mauvaises performances s'enchaînaient. Mais il lui arrivait aussi de les appeler pour les congratuler. Son leitmotiv était de communiquer, de ne pas entrer, comme certains de ses confrères, dans un mutisme conduisant inévitablement aux heurts.

– Non, pas du tout Éliot, je suis plutôt satisfait de tes dernières performances. Je pense même en parler au président, pour qu'il veille à te faire signer ton premier contrat pro.

Le visage du jeune joueur s'était éclairé. Le sourire s'élargissait au fur et à mesure vers ses oreilles, tandis que l'émotion lui mouillait les yeux. Il eut du mal à sortir ces mots :

– Je vous remercie coach, c'est un rêve de gosse !

– Eh, gaffe, c'est pas fait ! Mais si tu continues comme ça, pas de raison que ça ne passe pas.

Éliot avait les yeux rivés sur ses chaussures. Il frottait ses deux mains sur ses cuisses.

– Bon, si je t'ai aussi convoqué aujourd'hui Éliot, c'est pour que tu me parles de quelque chose. Je crois que tu as un truc à me dire. Durant le match contre Marseille, Desendorf n'a pas arrêté de parler à Ademoah. Il l'a même injurié. Sur un corner, ils ont eu une altercation, je l'ai vérifié sur la vidéo avec Fred. Mais nous n'arrivons pas à traduire une de ses phrases. Je pense que tu peux nous y aider.

Éliot Marin se mit à regarder au-dessus de l'épaule de Perlon, en direction des prés verts du domaine. Il se remémorait ces instants forts, dans un brouhaha infernal, les coups, les luttes et la fatigue. Ce match viril, terminé par la blessure atroce de son coéquipier. Il revoyait encore son os traversant la chair de sa jambe.

– Je ne me souviens plus très bien, *coach,* c'était à moitié en anglais, en allemand. Et puis un peu de français. Dans ses gestes, et dans tout ce qu'il a dit, il a démontré qu'il était un sacré idiot ce Desendorf, vous savez, *coach*…

– Fais un effort Éliot…

Le jeune défenseur feignait de puiser dans sa mémoire. Ce qu'il en ressortait n'était vraiment pas beau. Il n'osait pas cracher cette immondice qui lui brûlait pourtant la langue, cette phrase qu'il s'était remémorée tant de fois depuis le match.

– Il a dit un truc du style, « alors, il paraît que tu es un « big fucker negro ! » Et…

– Et ? reprit Perlon.

– … tu devrais faire attention où tu mets ta bite…

Les deux hommes se regardèrent un bon moment.

Marin semblait soulagé. Perlon était consterné. Il frappa un grand coup sur son bureau, se leva et fit volte-face, les yeux vers les stagiaires du centre qui gambadaient au loin.

– Merci Éliot, et bon week-end, se reprit-il.

Le jeune joueur prit la poudre d'escampette sans oublier un « salut *coach !* ».

Le *coach* semblait bien loin du salut. Un stylo se brisa dans ses mains pour calmer ses nerfs.

– Desendorf, tu vas payer ! pensa-t-il très fort, au point de le murmurer.

Son téléphone portable vibra. Pierre Perlon n'aurait pas répondu s'il n'avait vu le nom de la correspondante : « Dolores ».

Perlon était pensif. Dolores, belle Dolores, aux cheveux noirs longs et brillants, à la peau mate et aux gestes sauvages. Ses yeux noirs intrépides, ses dents si blanches. « Sa » Dolores, capable du meilleur comme du pire, qu'il avait tant aimée et tant haïe. Ses nuits de feu, d'amour incontrôlé. Mais si souvent trahi par cette violence des jours mauvais. Elle avait failli le tuer maintes fois quand elle lui balançait au visage tout ce qui passait devant ses mains. Mais elle lui avait pourtant fait le plus beau des cadeaux, l'un de ses deux joyaux, son fils Pablo.

– *Diga-me* Dolores ! lui répondit-il.

Son ex-femme se lança dans un plaidoyer assez virulent, où les mots allaient plus vite les uns que les autres : pensait-il enfin passer un peu de temps avec son fils ?

Le feu crépitait à travers le téléphone que Perlon écarta de son oreille. Il ne put s'empêcher de sourire. La réponse ne mit pas longtemps à venir, opportunité d'un temps libre dont il avait lui aussi besoin. Il viendrait passer le week-end, si Dolores le permettait. Il logerait à l'hôtel et emmènerait Pablo au parc d'attraction, samedi. Et il irait voir un match au Nou Camp le soir même si Barcelone jouait à domicile.

La voix espagnole se fit plus douce à l'autre bout du fil. Je te prépare la chambre d'ami, expliqua Dolorès. Là encore, Perlon ne put s'empêcher de sourire. Il partirait samedi matin vers la cité catalane et rentrerait le lundi dans la matinée, pour être à l'heure aux obsèques.

*****

Jorge Miguel Erila. Voilà un nom qui ne pouvait cacher les origines hispaniques de l'agent de Michaël Ademoah. Son numéro de téléphone faisait partie de la liste répertoriée par Mélissa dans le petit carnet de l'attaquant nigérian. Le collègue des faits-divers avait été efficace, et les combinaisons téléphoniques s'étaient retrouvées vite décodées.

Mélissa faisait confiance à son intuition ; elle n'en était pas certaine, elle prenait un risque, mais pour elle, le fournisseur des fameuses pilules bleues se trouvait de l'autre côté d'un de ces numéros. Et l'agent faisait partie de ces suspects parfaits. Il était même au premier rang.

« Pourquoi ? Délit de faciès d'agent ? » murmura t-elle en souriant, face à son petit dictaphone. Mélissa enregistrait la plupart de ses réflexions. Un conseil de son « mentor », Georges Antoine, un intervenant qu'elle eut à l'école et avec qui elle avait sympathisé. Grand Reporter franco-américain récompensé par le Pulitzer et l'Albert-Londres, il avait couvert plusieurs conflits dans sa longue carrière. Il la terminait en continuant à bouger, mais de manière moins risquée, il intervenait dans plusieurs écoles de journalisme françaises ou dans des colloques.

« Pas vraiment des anges les agents de joueurs » reprit-elle comme pour se justifier de ses accusations. Elle ne pouvait s'en empêcher.

Dans son petit appartement de la place Camille-Jullian, allongée par terre au milieu de ses nombreuses feuilles volantes, Mélissa était songeuse. Coudes contre le sol, paumes des mains appuyées sur son menton, et jambes pliées, la jeune journaliste regardait un pêle-mêle en liège posé sur le sol où les photos de ses amies et de sa famille formaient sa mosaïque émotionnelle. Sa maman trônait au beau milieu des clichés, sa mère, anglaise, très chic, malheureusement partie trop tôt. Cancer du sein à 39 ans ; Mélissa avait alors 14 ans. Les yeux verts de la reporter laissaient s'échapper une eau de tristesse. Le regard se déplaça vers son père. Un grand bonhomme costaud, ancien rugbyman de bon niveau, qui avait réussi une jolie carrière à la « City ». Londres et sa Bourse lui avaient permis de prendre une semi-retraite à 40 ans, l'âge auquel il avait perdu sa femme et où il décida - trop tard - pensait Mélissa, de quitter les bords de la Tamise. Retour dans son sud-ouest d'origine, sa fille sous le bras. Le choc avait été d'abord difficile pour Mélissa, qui en pleine adolescence *« so British »* avait dû revenir en Aquitaine, « chez les ploucs » avait-elle dit à l'époque. Ce souvenir lui redonna le sourire. Et lui fit penser qu'il lui faudrait aller voir son père du côté de Bayonne, un de ces week-ends. Boulette, son vieux chat roux, déboula tout d'un coup de sa petite trappe carrée, vortex entre l'appartement et le balcon extérieur. À peine sur ses genoux, il entra dans une sorte de transe faite de ronronnements. Il devait certainement être l'heure des croquettes pensa Mélissa. Boulette, parce que porteur de la « boulette » de cannabis dans la médaille creuse grosse comme un dé à coudre fixée autour de son cou, prévue à l'origine pour son nom. Un patronyme et une « planque » vieux de sept ans, remontant à l'époque à laquelle Mélissa avait aménagé dans l'appartement. Elle avait fortement abusé du « chit » lors de ses années d'étudiante - les murs jaunis en portaient encore les stigmates - et elle s'autorisait encore parfois un petit moment de détente, en se roulant un petit joint.

Ses yeux retombèrent sur la liste, tachée de quelques gouttes d'eau et d'un petit peu de café. Outre les numéros de téléphone de dirigeants du club et d'un seul joueur de Bordeaux, Nicolas de Saint-Elis, qu'elle souligna pour plus tard, de son agent, donc, de celui de Léa Serce, de cinq bars restaurants et celui d'une prostituée de luxe - elle reconnut rapidement, il était déjà enregistré dans son portable, suite à une affaire de proxénétisme suivie quelques mois plus tôt - il restait encore trois numéros qui pourraient conduire à celui ou celle qu'elle considérait comme l'assassin d'Ademoah. Elle écarta vite le premier de sa liste, un numéro de téléphone fixe en Italie, celui du standard du club de Milan. Même si elle savait que le club italien était loin d'être exempt de tout reproche, elle pensa qu'il était saugrenu que les tractations puissent passer par un standard. Restaient deux numéros de portable ; l'un des coéquipiers du défunt en équipe nationale, un joueur de Lyon : Evender Asabalaboah. Une force de la nature, milieu de terrain infatigable, élu meilleur joueur africain de la saison précédente. L'autre révélait un accueil des plus farfelus. Un portable espagnol, dont le propriétaire était enregistré au nom de Bill Clinton et avait choisi de s'installer du côté de Madrid, à en croire l'adresse révélée. L'évocation de ces coordonnées avait changé la hiérarchie de ses suspects : Jorge Miguel Erila devenait deuxième de la liste, le « président des États-Unis de Madrid » devenu le premier.

En prenant soin de mettre son identifiant numérique sur « anonyme », Mélissa composa le numéro. La voix enregistrée sur le répondeur à l'autre bout expliquait, en espagnol : « Tu connais bien Bill ? Alors donne-lui ton numéro, celui de ton ami et l'adresse de Monica ; tu ne connais pas Bill ? Passe ton chemin ».

Mélissa appuya sur la touche bis pour noter l'intégralité du message. Elle esquissa un sourire en pensant « ce Clinton, décidément… ».

Derrière cette mascarade téléphonique se dresse une pièce du puzzle, pensa la journaliste, ou alors une facétie grotesque d'un pote d'Ademoah.

Mélissa décida d'appeler Jorge Miguel Erila. Ce dernier s'était déjà exprimé dans le grand quotidien national sportif, mais le journaliste qui avait rédigé l'article semblait bien loin des infos de Mélissa. Au bout de la deuxième sonnerie, Erila répondit.

– Monsieur Erila, Mélissa Marchand du journal *Aquitaine Éclair*. Auriez-vous un moment à m'accorder ?

– Je suis au nord du Portugal, et je n'ai pas beaucoup de temps à vous consacrer. Vous arrivez après la bataille, j'ai quasiment eu tous vos collègues français.

Le ton était cordial, mais dans sa remarque, Mélissa sentit aussi un brin d'ironie, qui venait de la piquer. « Soit ! » se dit-elle.

– Et mes confrères, M. Erila, vous ont-ils parlé des pilules bleues utilisées par Michaël Ademoah et de son empoisonnement par le foie ?

Plus de condescendance ni d'ironie ; Erila gardait le silence.

– Et mes brillants collègues français vous ont-ils parlé des problèmes sanguins de Michaël Ademoah ?

Erila, après un long temps d'arrêt, se mit à hurler à l'autre bout du fil. Il n'utilisait plus son bon français footballistique, mais de virulentes insultes déblatérées en espagnol.

En gros, Mélissa comprenait qu'il était très mécontent, que si elle continuait à insinuer ce genre de choses, il lui enverrait ses nombreux avocats… L'homme avait raccroché avant qu'elle n'ait pu répliquer.

Un peu surprise par tant de vitupérations, elle recomposa illico le numéro de l'agent espagnol. Elle voulait tenter un grand bluff. Et peu importe si elle se trompait. Au bout de deux sonneries, elle fut renvoyée sur la messagerie où elle déposa un délicat message. Elle jeta un œil sur son dictaphone, qu'elle bascula cette fois sur « off ».

– M. Erila, je ne cherche pas du tout à vous incriminer. Je cherche juste à comprendre. Ademoah était votre poulain. Du moins en contrat avec vous. Pourquoi a-t-il noté quelques lignes troublantes à votre sujet sur son carnet, juste à côté d'un mot : Oral-Turinabol ? Si on pouvait se rencontrer…

Elle laissa son numéro de poste au journal puis raccrocha. Durant quelques secondes, elle serra très fort la mâchoire en se tordant les lèvres. Une moue d'enfant pas très fier de sa bêtise. Il fallait qu'il morde à l'hameçon.

À la mi-journée, Mélissa pensa qu'il fallait peut-être passer à la rédaction. Elle s'arrêta quelques minutes *Chez Coluche*, rue du Pas Saint-Georges, à quelques mètres de chez elle, connu pour ses excellents Kebabs. À seulement quelques minutes à pied du bureau, la journaliste avala son sandwich sans frites ni oignons, mais « gavé de ketchup », en repensant à son coup de fil à l'agent. Si sa réaction ne faisait pas de lui un coupable, elle démontrait quasiment que l'homme était impliqué. Une grosse goutte de sauce tomate sucrée lui tomba sur les pieds.

– Merde, mes Converses !

La rédaction était quasi déserte pour la pause-déjeuner. La secrétaire du service des sports en profitait pour pomper abondamment sur une clope, puis une deuxième, juste en-dessous du panneau « Interdit de fumer ». Elle agitait les bras pour essayer de dissiper la fumée. Mélissa vint lui faire la causette quelques minutes. Elle s'installa sur son bureau, ouvrit le courrier du jour : des communiqués de presse en tout genre, allant du centenaire du club de pétanque local à l'invitation par le Conseil Général à l'inauguration d'un nouveau terrain de foot. Elle avait aussi reçu le bouquin d'un navigateur du coin, dont l'ascension sportive quelques années auparavant n'avait eu d'égale que sa vertigineuse chute économique. « Comment j'ai sombré » était préfacé par son propre rédacteur en chef. Elle ne put que se mettre à rigoler.

Elle propulsa l'intégralité de la livraison postale du jour vers la corbeille, le bouquin dans « l'armoire aux cadeaux », juste sur le rang au-dessus de celui dédié aux bouteilles pour l'apéro... Une armoire magique où chacun pouvait se servir suivant son intérêt. Littérature ou confiture.

Mélissa reprit ses notes, son carnet, les numéros de téléphone.

Elle recomposa le numéro de « Bill Clinton ».

« Tu connais bien Bill ? Alors donne-lui ton numéro, celui de ton ami et l'adresse de Monica ; tu ne connais pas Bill ? Passe ton chemin ».

Une fois encore elle rappela. Elle hésita. Elle donna son numéro de poste au bureau, celui de Michaël Ademoah, puis l'adresse du numéro appelé, à Madrid. Elle raccrocha le combiné pas très convaincue de son opération.

Le reste de la journée de vendredi, Mélissa dut le consacrer à sa défense auprès du rédacteur en chef, qui était revenu à la charge plusieurs fois.

– Patron, lundi, jour des obsèques, je vous balance tout, promis. Et j'aurai du lourd. Laissez-moi la double page d'ouverture ou la double centrale !

– Si je n'ai rien lundi, je ferai le papier moi-même ! lui intima-t-il.

– Avec quoi ? répondit-elle le sourire au coin des lèvres.

– Tu commences sérieusement à m'agacer Marchand. Tu crois qu'on attend après ton papier pour vendre le journal ? Magne-toi le cul, tu n'es plus à l'école !

Elle pensa en le fixant : « j'espère qu'il enlèvera ses moufles pour l'écrire ! »

*****

Perlon, à force d'obstination, avait réussi à joindre Etchegarray. Bien avant, dans la journée, il avait demandé un petit service à Fred, à propos de la vidéo. Il lui avait demandé de repasser la bande du match contre Marseille, au moment précis où Etchegarray était entré sur le terrain pour soigner Ademoah à l'agonie. Si Perlon n'avait jamais réellement fait attention à ce détail, cette fois il avait bien remarqué que le médecin avait enfilé des gants en latex avant d'intervenir. Précaution ou pas de la médecine, les images de ses précédentes interventions n'avaient jusqu'alors jamais montré ces fameux gants. Une habitude qui semblait nouvelle.

– Jean-Louis, tu m'as menti.

– Je ne t'ai pas menti. Il y a juste des choses que je ne peux pas te dire, et que je ne te dirai pas au téléphone.

– Pour Ademoah, tu savais ?

Etchegarray ne répondit pas, Perlon reprit.

– Les examens médicaux sont complets, au moins deux fois par an, et pour chaque joueur. Le suivi est obligatoire. Tu ne pouvais pas ne pas connaître les maux d'Ademoah.

« Etche » se fit laconique.

– Oui, on fait ses batteries d'examen à la reprise, et durant la trêve d'hiver. Certains clubs établissent même une troisième session, en septembre, novembre, ou janvier. Nous, on l'a faite fin novembre. Mais pour celle-là, les tests sanguins ne sont pas coutumiers… »

Pierre l'interrompit.

– Tu l'as pourtant faite et tu as découvert le pot aux roses…

- Echocardiographie, électrocardiogramme, et un bilan biologique très complet avec hématologie, métabolisme, et hormonologie. Voilà ce que l'on fait. Je te l'ai déjà dit, Ademoah n'avait rien du tout à la reprise fin juin. J'ai lu et entendu des conneries. Que nous n'aurions pas détecté une malformation cardiaque. N'importe quoi. Eh puis on a refait les tests en novembre. Mais ils sont envoyés de manière anonyme à la fédération française. Je ne l'aurais pas découvert si les courriers ne s'étaient pas croisés. Enfin n'avaient pas failli se croiser...

– Jean-Louis !

– J'ai reçu un compte-rendu, anonyme lui aussi, de la fédération nigériane, qui révélait les problèmes d'un de nos joueurs... Mais nous n'avons... nous n'avions, pardon, qu'un seul international nigérian...

– Et tu n'as rien envoyé à la fédération française ?

– Disons que le courrier concernant le test d'Ademoah a eu du retard. Et si les tests sont anonymes pour la fédé, il n'est pas compliqué pour nous de savoir qui est qui.

– Pourquoi, Jean-Louis ? Pourquoi ne pas m'avoir prévenu ? Pourquoi avoir laissé jouer Ademoah ?

– Je te parlerai à mon retour du Pays, Pierre. Lundi.

– Non, Jean-Louis !

Le médecin du club avait déjà raccroché. Perlon ne comprenait pas. Il commençait à douter de l'intégrité d'un homme qu'il avait pourtant toujours admiré et respecté. Quelque chose ne tournait pas rond.

Perlon se remit à remplir sa valise. Sans omettre de prendre un cadeau pour Pablo : la nouvelle Playstation et quelques jeux. Il avait aussi pris un bijou pour son ex-femme. Même divorcée et séparée, Dolores ne supportait pas que Perlon arrive les mains vides. Parfois, ces présents suffisaient à Pierre pour passer un week-end tranquille. Il partirait tôt le lendemain matin, et s'installa donc rapidement dans son grand lit format américain. Il feuilleta la presse du jour, zappa sur quelques chaînes sportives, puis fit son petit tour des flashs d'information. Le décès d'Ademoah était un peu moins présent dans les *médias.* Perlon éteignit la lumière, mais avait l'esprit trop embrumé pour s'endormir. Alors il choisit la musique. Mais même le *Get Together* de « Madonna » qui d'habitude lui envahissait le corps jusqu'à le détendre, n'arrivait pas à l'apaiser. Pis, pour couronner le tout, il commençait à avoir un terrible mal de crâne. Il se résolut à éteindre le lecteur MP3. Il allait rallumer la télé quand son téléphone portable se mit à vibrer. Un numéro anonyme. D'habitude, pas question de répondre à cette heure tardive ; mais dans le climat actuel, il décida de décrocher.

– Perlon. J'écoute.

– Pierre, c'est Mélissa. Désolée d'appeler aussi tardivement. Je voulais juste vous dire que je prépare un gros dossier pour le journal de lundi. Et je vais écrire beaucoup de choses.

– Je m'y attendais, répliqua Perlon sans vraiment s'y attendre.

– Je vous ai donné un peu de temps, comme promis. Et vous en aurez encore jusqu'à lundi. Je sais de toute façon, enfin, j'en ai le sentiment, que vous n'avez rien à voir dans toute cette histoire. Mais je voudrais avoir votre interview exclusive.

– C'est O.K., je tiendrai parole. De toute façon, il faut que ça sorte.

– Oui. J'espère en avoir assez pour disons… prendre mes confrères de vitesse et mettre la police sur la piste des fournisseurs.

– Les fournisseurs ? Vous avez une idée ?

– Oui, j'ai récupéré quelques numéros du répertoire d'Ademoah. J'ai un contact très louche, qui répond au doux nom de… Bill Clinton. Comme l'ancien président US. Soit c'est une plaisanterie, soit c'est un filtre. La secrétaire de rédaction du journal m'a appelée ce soir pour me dire que quelqu'un avec un fort accent espagnol avait essayé de me joindre sur ma ligne fixe. Il lui a demandé qui j'étais… Elle lui a dit. La conne ! On verra bien. Et puis il y a son agent, Erila. Lui aussi, un type du genre pas net. Je l'ai appelé cet après-midi et je lui ai balancé un bobard. Ce n'est pas beau, je sais, mais c'est le seul moyen auquel j'ai pensé pour qu'il veuille bien m'accorder du temps. Je lui ai fait croire qu'Ademoah avait inscrit des indications sur un carnet qui pouvaient l'impliquer. Il ne m'a rappelée qu'il y a une demi-heure en s'excusant platement et en me fixant un rendez-vous samedi en fin d'après-midi. Vous le connaissez ?

– Honnêtement, non. Je l'ai juste aperçu cet été, lors des tractations. Mais je n'ai pas eu à traiter directement à lui. Méfiez-vous quand même de cet individu. Ça ne serait pas plus sérieux de prévenir la police? Julienne Lorat ? »

Elle se mit à rire.

– Vous alors ! Vous craignez pour moi, une journaliste ?

– Euh... on n'est pas en interview là, Mélissa ?

– Non, non, ne vous inquiétez pas dit-elle, sourire aux lèvres. Est-ce que l'on pourrait se voir dimanche ?

– Je risque de rentrer tard, je vais voir mon fils à Barcelone.

– Ah... Pablo !? »

– Oui, répondit Perlon étonné.

– Comment vous savez ?

– Je suis une journaliste ! Et je sais tout de vous... ou presque...

– Vous êtes une vraie fouine !

– Ah, oui, au fait, dans les numéros d'Ademoah, il n'y a qu'un seul joueur du club, et encore, de la réserve. C'est celui de Nicolas de Saint-Élis, fils de... Je me demandais si vous saviez quels étaient leurs liens éventuels ?

– Il avait l'air isolé ce pauvre Ademoah constata Perlon. C'est bizarre, je n'ai pas l'impression de les avoir vus ensemble. Nicolas de Saint-Élis est le fils à papa dans toute sa splendeur. Et il semble aussi bien placé pour être le futur gendre de Jeff, vous savez, votre « source ». (À l'autre bout du combiné, Mélissa leva les sourcils en tournant son regard au plafond). Au niveau football, il aurait du mal à être titulaire dans le championnat régional, mais il joue à Bordeaux… Ça sert d'être bien né. Bref, vous l'avez appelé ?

– Non, pas encore, mais je le ferai. Je peux écrire tout ce que vous me dites sur Nicolas ? Et vous, je peux vous appeler dimanche en fin de journée alors ?

– Si vous n'êtes pas en anonyme !!! s'écria Perlon, mi-sérieux, mi-taquin. Et si je vois une ligne sur Saint-Élis junior, vous pouvez oublier mon numéro. Bon, à dimanche alors pour l'interview.

Il y eut un blanc de quelques secondes.

– Mélissa ?

– Oui, oui, excusez-moi, je pensais à autre chose. À dimanche alors, et bon week-end.

Mélissa avait une autre idée dans la tête en ce vendredi soir. Elle aurait bien proposé à Pierre Perlon une petite escapade nocturne dans un bar bordelais. Elle se ravisa, se dit que « c'était mieux ainsi ». Et elle avait encore du boulot.

*****

Pour Mélissa, ce samedi allait être très studieux. En matinée, elle irait se baser à la rédaction avant le rendez-vous de la fin d'après-midi, fixé à Biarritz, avec Erila. Le dossier pour lundi devrait être costaud. La veille, tard dans la soirée, elle avait réécouté plusieurs fois ses pistes audio. Elle avait eu un spécialiste de l'agence française antidopage, quelqu'un de Chatenay-Malabry, et bien sûr un médecin auteur d'un rapport sur les problèmes de séropositivité dans le sport. Ce dernier avait expliqué qu'il n'y avait pas, noir sur blanc, d'interdiction à la pratique du football pour les séropositifs, mais qu'elle était évidemment fortement déconseillée, dans la mesure où les chocs violents avec hémorragie pouvaient s'avérer courants et fatals. Le médecin avait aussi révélé le cas de certains joueurs contrôlés lors des examens d'avant-saison, qui s'étaient vus reconduits à la porte. Pas de contrat. Évidemment pas pour le motif de la maladie, mais pour une raison X ou Y.

Mélissa s'était aussi procuré le règlement fédéral médical, mais ne s'en servirait vraisemblablement pas. Trop pompeux et peu clair. Elle avait aussi réécouté avec une pointe d'émotion la longue conversation avec Léa Serce. Au travers de ses lignes, elle lui donnerait un nom factice, mais elle craignait déjà les réactions de la police, qui la sommerait de lui donner ses sources. Elle s'y opposerait, bien sûr. De toute façon, pensait-elle, les policiers remonteraient, comme elle, assez facilement la piste menant à Léa Serce.

Mélissa avait programmé son réveil à 6 h, mais elle fut réveillée dès 5 h 30 par le passage des premiers livreurs, ceux qui fournissent les nombreux restaurants du quartier, puis des éboueurs, ceux qui vident les poubelles des nombreux restaurants du quartier. Une fois douchée, emmitouflée dans un chaud survêtement gris clair et une écharpe de laines multicolores, elle décida de quitter son appartement pour aller faire un petit tour au café du coin, le Saint-Georges. La place Camille-Jullian, très animée du matin au soir, et du soir au matin, se trouvait être le cœur d'un va-et-vient perpétuel. Tard le soir, les noctambules quittaient les bars et restaurants, boîtes de nuit, parfois ivres ou bien imbibés, en faisant profiter tout le voisinage, pour certains, de leur joie de vivre, et pour d'autres, de leur manque de savoir-vivre. Tôt le matin, l'approvisionnement et le défilé de camionnettes, de leurs klaxons, jouaient un sacré bon rôle de clairon. Cela faisait un moment que Mélissa pensait à quitter le quartier, pour préserver son sommeil. Mais perdre la proximité de cet espace vivant et métissé, où elle avait fait tant de rencontres, la rendait triste.

Après avoir ingurgité son café-crème et une viennoiserie agréablement chaude et croquante, tout en feuilletant le journal *Libération*, Mélissa reprit le chemin de son petit T2. Elle ouvrit la porte de l'immeuble et sans se retourner, arriva rapidement aux premières marches de l'escalier. Elle ne s'aperçut pas du pied qui s'intercala entre la porte d'entrée et son montant. Mélissa remontait les marches 4 à 4, l'esprit complètement occupé par ses idées de rédaction. Une fois de retour dans son appartement, elle mit la cafetière en route, puis sortit de veille son PC portable. Le récital des touches du clavier, chahutées comme rarement par les dix doigts de la journaliste, commença en même temps que le murmure du café qui s'écoule dans la carafe, lentement filtré. Un fumet d'arabica commençait à envahir le salon.

Vers 7 h 30, le bruit de l'interphone vint interrompre le ballet de ses petites mains tapotant sur l'AZERTY. Sans s'interroger, elle s'avança jusqu'au combiné pour demander de quoi il s'agissait. Aucune réponse. Elle vint se rasseoir avant un nouveau coup de sonnette. Cette fois, au bout du fil, elle entendit :

- Excusez-moi, c'est le voisin du premier, je sortais récupérer les poubelles, mais j'ai oublié mes clefs d'entrée.

Mélissa leva un sourcil mais pas l'autre. Un gros doute l'envahissait. Pourquoi le voisin n'appelait pas tout simplement sa femme ? Peut-être que celle-ci dormait encore profondément… Elle n'appuya pas sur le bouton d'ouverture, mais décida plutôt à aller voir par elle-même. Elle enfila ses chaussures et ouvrit sa porte d'entrée.

*****

À l'aéroport depuis 6 h 45, Perlon feuilletait l'*Équipe*. Dans son supplément magazine, le quotidien proposait cinq pages sur Michaël Ademoah, la misère de sa vie africaine jusqu'à sa réussite dorée, l'apogée d'une carrière terminée trop rapidement au cimetière. Le portrait brossé était assez dithyrambique, orchestré de façon dramatique. Un encadré était bien sûr consacré à la mort suspecte du joueur, au dopage. Les reporters avaient aussi effectué un aller-retour au Nigeria, dans la capitale, Abuja. Dans ce pays aux 140 millions d'âmes, le plus peuplé d'Afrique, où la démocratie n'est qu'une façade, le décès du joueur semblait ressenti comme un vrai deuil national. Une dramaturgie à la hauteur de l'extravagance de cette république fédérale.

Un des journalistes avait aussi obtenu une interview de Christian Desendorf. Ce qui eut le don d'agacer Perlon. Le joueur allemand, en photo avec le maillot de son nouveau club d'Amsterdam, se disait abattu, mais il était, au travers de ces quelques lignes, difficile de palper une quelconque touche de regrets. Du moins pour Perlon. Une citation lui tambourinait d'ailleurs le crâne. À la question « regrettez-vous votre geste ? », Desendorf répondait. « Oui, bien sûr. Je ne pensais pas que ça le conduirait à la mort. Je le regrette sincèrement. Mais le destin de chacun est tracé, décidé par Dieu. Notre fil de vie est inversement proportionnel à la quantité de nos péchés ».

Il est complètement fêlé ce type pensa Perlon. « Il faut vraiment que j'aille voir ce tocard » se surprit-il à dire tout haut.

Il cessa de maugréer lorsqu'un petit bip s'échappa de son portable.

« Bien reçu votre message. Merci. Nous débuterons la surveillance dans la journée. J. Lorat ».

La veille au soir, Perlon avait légèrement trahi la confiance de la journaliste. Après les propos de Mélissa Marchand, il n'avait pu s'en empêcher : il avait retrouvé la carte de visite du commissaire Julienne Lorat, et par *texto,* lui avait expliqué dans quoi voulait s'engager la jeune femme.

*****

La violence du coup porté fut inouïe. La matraque percuta Mélissa de profil, et lui fit éclater l'arcade sourcilière gauche. Elle s'effondra lourdement sur le paillasson de son entrée. Le sang coulait le long de son visage. Un ruisseau pourpre s'était formé, dégoulinant désormais comme une petite cascade dans son cou. L'homme rangea le petit gourdin dans sa veste *Bombers* noire et tira la jeune femme à l'intérieur de son appartement.

Cagoulé et ganté, vêtu entièrement de sombre, l'inconnu commença par scotcher la bouche. Le bruit de l'épais adhésif se déroulant était strident. Après l'avoir bâillonnée, il écarta ses membres inertes pour les attacher. D'un côté aux pieds du canapé, de l'autre à ceux du bureau. Au-dessus du corps inanimé de Mélissa, l'homme s'arrêta pour contempler les formes pulpeuses de la jeune femme. Il se pencha agilement sur elle, s'agenouillant au niveau de son bassin. Il lui retira sèchement le chèche qu'elle avait toujours autour du cou. Doucement, il commença à descendre la fermeture éclair de son survêtement. Au nombril, il découvrit l'épiderme blanc laiteux de la jeune reportrice. Sa main glissa délicatement entre la peau, qu'il sentait agréablement chaude et douce et la veste, écartant cette dernière d'un revers pour découvrir un soutien-gorge noir, à demi transparent, couvrant en partie une poitrine visiblement ferme et opulente. L'homme remonta sa cagoule pour découvrir sa bouche. Sa respiration était forte. Très forte. D'une poche, il fit jaillir un couteau à cran d'arrêt. La lame jaillit d'un clic. Sa main ainsi armée descendit en direction de la poitrine de la jeune femme. Le métal aiguisé vint se placer entre la lanière du soutien-gorge reliant les deux balconnets. L'homme en noir s'apprêta à tirer un coup sec vers le haut, quand un vacarme du tonnerre le fit sursauter et s'interrompre. Une trappe s'était ouverte du côté de la kitchenette, et une boule de poils en était apparue. Boulette venait aux croquettes. L'homme s'était raidi sur ses jambes en un dixième de seconde et s'avança en direction de l'animal. Il mit un énorme coup de pied au chat pour le faire voltiger - atterrissage forcé - contre la porte du frigo. Groggy, le chat n'eut pas le temps d'éviter le couteau qui vint se planter dans son abdomen. L'animal domestique gémit dans un spasme strident.

Après avoir récupéré son cran d'arrêt, l'individu ouvrit la porte sous l'évier pour placer le chat dans la poubelle. Il se dirigea ensuite vers le bureau de Mélissa. Dans un sac, il collecta tous les documents éparpillés au sol ou sur le bureau de la jeune femme. Il y glissa également son ordinateur portable, l'appareil photo numérique et le dictaphone. Le répertoire téléphonique d'Ademoah prit le même chemin. Le bureau se mit à bouger. Mélissa, réveillée, gesticulait. L'inconnu s'approcha d'elle et lui balança dans le ventre un terrible coup de pied qui, malgré les liens, la fit se recroqueviller en un réflexe, le canapé bougeant ainsi de quelques centimètres. Tordue de douleur, rouge écarlate, Mélissa tentait d'appeler au secours. L'épais scotch étouffait ses cris. L'homme asséna un second coup de pied dans le dos de la jeune femme. Puis se pencha de nouveau sur elle, couteau à la main, qu'il approcha près de son visage.

– Je viens t'apprendre ce que ça coûte de fouiner dans les affaires des autres. Tu as peur, tu as raison, je suis un danger.

Une voix d'outre-tombe, glaciale, déterminée.

Mélissa recommença à gesticuler, plus fort encore, mais les deux genoux de l'homme appuyaient sur les bras de la reportrice. Elle était bloquée. Des larmes commencèrent à perler de ses yeux.

La lame du surin revint se faufiler au niveau du soutien-gorge, sous la lanière. Plus brutal que la première fois, il fit un peu saigner la journaliste. Il coupa net l'armature, libérant d'un coup la magnifique poitrine de la jeune femme. Il se mit à lui lécher les seins, salivant, puis plongea sa main gauche, dégantée, à l'intérieur du pantalon de survêtement. Mélissa tentait de lever son bassin, d'éviter l'inévitable. L'homme glissa ces cinq doigts larges, durs et râpeux au niveau du sexe de la jeune femme. Pas de culotte. Son majeur se faufila sur sa partie intime, s'introduisant subitement en même temps que la jeune reportrice lança un nouveau cri étouffé. Elle se raidit tout entière. Elle tentait de bondir. De manger le scotch. De crier toute sa peur. Toute sa haine. Vomir cette injustice. L'homme continuait à jouer avec sa lame, de la main droite, et avec son doigt, de la main gauche.

– Petite pute, tu vas changer de métier! cracha l'individu couvert de noir.

Alors qu'il commençait à remonter la lame vers le visage, quelqu'un tambourina à la porte.

*****

À l'Hôtel de Police bordelais de la rue François de Sourdis, édifice récent ayant remplacé l'emblématique bâtiment de la rue Casteja, Ancienne Institution Nationale des Sourdes et Muettes créée par l'abbé de l'Épée, la commissaire Julienne Lorat avait réuni ses équipes, vers 8 heures du matin. Elle proposa un rapide briefing sur l'avancée de l'enquête : pour la chef du service, il était clair qu'il n'y avait pas eu volonté de donner la mort, que le joueur de football n'avait pas été assassiné mais qu'il avait bien été victime d'un accident, entraînant plus tard le décès. Son état, le choc et la consommation de drogues l'avaient conduit à la mort. Et puis, c'était désormais certain, l'homme était séropositif. Le légiste l'avait confirmé. L'enquête allait se poursuivre du côté des produits consommés par Ademoah. Elle allait transférer le dossier au service des Stupéfiants et aux Douanes. Les conversations fusaient, les idées aussi. L'inspecteur Boulanger inscrivit au feutre sur un tableau blanc :

– *Quid* des produits dopants découverts dans le sang du joueur ?

– Y a-t-il dopage organisé et donc réseau à démanteler ?

– Le club de Bordeaux est-il au centre d'un vaste trafic ou Ademoah était-il un cas isolé ?

« Désespéré » avait même lâché Julienne Lorat. La brigade des stups allait pointer son nez dans l'enquête.

La commissaire expliqua toutefois à ses hommes qu'elle avait reçu un texto de l'entraîneur Perlon, lui expliquant que la jeune journaliste Mélissa Marchand voulait poursuivre quelques pistes, notamment du côté de l'agent du joueur.

Lorat en profita pour dire sa déception. Aucun de ses hommes n'avait pensé à aller voir le dénommé Erila. Cette piste n'était pourtant pas négligeable. Elle intima à deux de ses inspecteurs de passer le week-end aux basques de la jeune femme et de profiter de sa rencontre avec Erila pour l'interroger afin de tenter de « soutirer quelques infos » à la reporter, histoire de ne pas se retrouver démunis dans le cas où ses articles à paraître devaient conduire à des pistes inconnues de la Police.

« On aurait l'air cons », dit Lorat. À peine avait-elle terminé une clope, qu'elle en rallumait une. Deux des policiers, Eric Claroux et Stéphane Boulanger, les deux policiers, partirent vers 8 h 30 en direction de la place Camille-Jullian.

– Tu ne voudrais pas lui dire d'arrêter de fumer, à la patronne, rouquin ? Ma femme croit que je passe mes journées au bistrot avec ces odeurs de clope.

– Elle te fait si peur que ça ?

– Qui ?

– Ben la patronne, je parlais pas de ta femme !

*****

– Mélissa, tout va bien ?

La voix venait de l'autre côté de la porte d'entrée. Le voisin de palier, Benoît. Il avait entendu plusieurs bruits successifs, et un cri de Boulette. Tout ce qui concernait Mélissa l'intéressait, l'inquiétait, l'envoûtait.

L'individu cagoulé se redressa d'un bond. Il n'avait pas pris le temps de refermer à clef derrière lui. Il prit le sac d'une main, le couteau toujours dans l'autre et se plaqua le long du mur, proche de la porte. Benoît tambourinait un peu plus fort. Rien. Le voisin décida de tourner la poignée de la porte. Elle s'ouvrit. Il la poussa devant lui, sans entrer.

– Mélissa ?

Il entendit un gémissement étouffé. Il avança d'un pas. Il aperçut les pieds attachés de la jeune femme. Durant quelques secondes, il hésita. Face à lui, la kitchenette. Il aperçut des traces de sang sur la porte du frigo. Il eut juste le temps de voir le reflet d'une silhouette dans la porte vitrée du balcon, et de jeter un œil sur la droite pour éviter le coup-de-poing destiné à le frapper derrière la tête. Benoît tenta de saisir les mains de l'homme armé d'une lame. Un double bras de fer au corps à corps s'engagea mais le jeune voisin était visiblement moins aguerri au jiu-jitsu. Par sa force, l'agresseur l'obligea à s'agenouiller. Il lui propulsa un grand coup de pied dans le buste qui le fit s'étaler. L'homme en noir s'avança menaçant avec son couteau.

– Toi tu bouges pas ou je te crève !

Le voisin voulut encore réagir mais il prit cette fois un coup de genou, et la lame vint lui balafrer la joue.

Le fuyard ramassa le sac et quitta l'appartement, en s'engageant dans l'escalier rapidement. La porte d'en bas avait déjà claqué lorsque Benoît put enfin crier « au voleur ! ».

Il se tourna rapidement vers Mélissa, paniqua à la vue de la rigole de sang dans son cou et sur son torse. Il la détacha, et se précipita vers le téléphone pour composer le 15 du SAMU avant d'enchaîner avec le 17, police secours. Mélissa était en pleurs. Une fois détachée, elle se recroquevilla pour se positionner façon fœtus. Désemparé, Benoît alla chercher une couverture pour la jeune reportrice. Ses sanglots de plus en plus forts anéantissaient le dévoué voisin.

– Mélissa, Mélissa…

*****

Dans leur 307 Peugeot descendant le cours Alsace-Lorraine, les inspecteurs Claroux et Boulanger entendirent l'appel du central.

« Intrusion avec agression à l'arme blanche au 17 place Camille-Jullian ». Ils se regardèrent stupéfaits, avant de placer le gyrophare bleu sur le toit et d'accélérer en empruntant la voie destinée au tramway.

– Ici Claroux, PJ. On y va, fit crépiter le policier dans la radio.

– Et merde, tu crois que c'est chez elle ? J'ai un mauvais pressentiment… grommela Boulanger.

– J'en sais rien, vieux, mais *a priori,* y a de bonnes chances. C'est son adresse et il n'y a que quatre appartements…

Les deux hommes arrêtèrent la voiture sur le trottoir juste devant la porte, grande ouverte, de l'immeuble. Arme au poing, Claroux s'avançait vers l'escalier avant d'apercevoir un homme à l'étage, lui crier « c'est ici ! Il s'est enfui ! ».

Sur ses gardes, le policier, rejoint par son collègue, monta les marches un peu plus vite, avant d'arriver au niveau de l'appartement devant lequel se dressait Benoît. Boulanger, jetant un œil sur le nom inscrit au-dessus de la sonnette ne put se contenir.

– Et merde…

Benoît expliqua la situation aux deux hommes, du mieux que son anxiété le lui permettait. Au sol, une jeune femme gémissait. L'inspecteur Claroux s'avança.

– Mademoiselle, ça va ?

Pas de réponse. Mélissa tremblait.

– Vous avez appelé les secours ? lança-t-il.

À cet instant, une sirène retentit. L'ambulance du SAMU venait d'arriver. Un brancard en fut sorti par deux ambulanciers, déjà vus quelque part. Le médecin les précéda. La foule commençait à se masser devant l'immeuble.

Boulanger fit immédiatement un rapport téléphonique au commissaire. Julienne Lorat grinçait des dents.

- Examinez-moi tout l'appartement, du sol au plafond ! Les empreintes, les voisins, les commerçants, tout ce que vous pourrez trouver Boulanger. Je n'ai pas l'impression que cette intrusion soit le fruit du hasard. Et la fille ? Comment va-t-elle ?

– Elle a l'air touchée. C'est le voisin qui l'a trouvée. Il a fait fuir l'agresseur. Qui doit aussi être un voleur puisqu'il est parti avec un sac.

Un fourgon de police arriva également sur les lieux. Les fonctionnaires qui en sortirent dressèrent *illico* un périmètre de sécurité, ce qui interloqua les badauds.

– Y a un mort ? lança un des voyeurs.

À l'étage, le médecin, une femme d'une quarantaine d'années, constata rapidement de la superficialité des blessures apparentes de Mélissa. Mais son soutien-gorge découpé lui fit comprendre que le mal pouvait avoir été plus loin.

– On a abusé de vous, mademoiselle ?

Les deux policiers et Benoît tournèrent la tête vers Mélissa, leurs regards pendus à ses lèvres.

Elle ne répondit pas.

– On va vous emmener avec nous, en observation. Vous pourrez vous reposer.

Mélissa reprenait ses esprits. Mais ne comprenait toujours pas. Violentée si subitement par un inconnu, meurtrie dans sa chair par des mains inquisitrices, la jeune femme s'était emplie de colère. Elle pleurait cette injustice.

– Je… je ne vais pas venir à l'hôpital… ça va aller, lança-t-elle.

Le médecin lui tendit un mouchoir en papier.

– On ne vous laisse pas le choix mademoiselle, expliqua d'une voix douce mais d'un regard ferme la femme au stéthoscope.

– Docteur, nous aimerions l'interroger avant que vous ne l'emmeniez, lança Claroux.

– Vous êtes docteur inspecteur ? Messieurs, soyez sérieux, laissez cette femme souffler. Elle a certainement subi des sévices sexuels. Vous patienterez bien quelques heures.

– Et merde… chuchota Boulanger.

Mélissa, depuis le brancard, regarda son bureau. Plus d'ordinateur, ni d'appareil photo. Elle se remémora soudain les paroles de l'intrus.

Elle tourna la tête vers les policiers.

– Il m'a volé un tas de choses dont mon ordi… Il m'a dit, « petite pute, tu vas changer de métier »…

Les deux hommes se regardèrent dubitatifs. Le brancard s'enfonça dans l'escalier.

Boulanger reprit son téléphone.

– Patronne? Le type n'est pas venu que pour un cambriolage de quartier…

*****

À l'aéroport de Barcelone-El Prat Perlon pressa le pas vers la station de taxis. Il s'arrêta juste quelques minutes aux toilettes, histoire de se regarder dans la glace et de s'asperger d'un peu de parfum. Pour retrouver Dolores et son fiston, il devait rejoindre le centre, situé à une quinzaine de kilomètres vers le nord. Au kiosque à journaux, il se précipita sur la presse sportive: *El Mundo Deportivo.* Il n'était question dans ce numéro que de la rencontre du soir: le club phare de Barcelone recevait les Basques de Bilbao.

Perlon souffla son soulagement. Il pourrait emmener Pablo au stade. Il n'avait même pas pris le temps de regarder le calendrier avant de décoller. Vint enfin son tour de monter dans le taxi. Une voiture noire, portières jaunes.

Après quelques bribes de conversation avec le chauffeur, un « socio » du club de Barcelone à en voir l'intérieur du véhicule décoré façon musée, Perlon ralluma son portable.

« Vous avez trois nouveaux messages ».

1. Dolores, voix douce, qui s'impatiente. 2. Julienne Lorat, qui annonce froidement : on a un souci avec Mélissa Marchand. 3. Dolores, voix beaucoup moins douce, qui s'impatiente un peu plus.

Perlon sortit la carte de visite du commissaire. Il composa le numéro.

– Commissaire Lorat, j'écoute.

– Pierre Perlon, je viens aux nouvelles.

– Elles ne sont pas bonnes. Mélissa Marchand a été agressée il y a deux heures par un individu qui n'en voulait apparemment pas qu'à ses biens.

– Elle est blessée ?

– Oui, et traumatisée.

– C'est-à-dire ?

– Il l'a violentée… Elle vous en dira peut-être un peu plus… L'individu a aussi tué son chat et a blessé le voisin. Il aurait volé son ordinateur et des documents importants dont des photos.

– Je lui avais dit de se méfier.

– De quoi, exactement ? reprit la commissaire.

– Elle ne vous a rien dit ?

– Elle n'est pas en état.

– À ce point ?

– Pour faire court, il l'a attachée et dénudée partiellement.

– Ah l'enfoiré ! Putain c'est impensable. Cette histoire devient dingue.

– Que vous a-t-elle dit que nous ne sachions pas, M. Perlon ?

– Elle m'a juste dit qu'elle préparait un gros dossier pour son journal. Elle m'a parlé d'un répertoire téléphonique d'Ademoah. D'un contact répondant au nom de… Bill Clinton. Et de l'agent, Erila. C'est maigre…

– C'est déjà pas mal. Pouvez-vous passer rapidement au commissariat pour mettre tout ça par écrit ?

– C'est urgent ? Je suis à Barcelone.

– Ça pourra attendre lundi. Nous allons essayer de voir du côté de l'agent. À bientôt et merci de votre appel.

Après avoir raccroché, Perlon plongea dans ses pensées. Il n'entendait pas le chauffeur lui parler du célèbre attaquant français ayant rejoint le club local. Une « boule » lui tordait l'estomac. Ce mal de tripes qui vous prend avant un examen, avant d'entrer sur un terrain d'un match à enjeu, ou, tout simplement, avant un premier baiser. Il ressentait une énorme frustration. Il voulait être à Bordeaux.

– Demi-tour s'il vous plaît ! lâcha-t-il enfin, après trois minutes.

À l'aéroport, il chercha les vols pour Bordeaux. L'un partait dans deux heures. Trop court pour aller jusqu'au centre de Barcelone donner son cadeau à Pablo. Il offrit une belle somme au chauffeur à qui il avait proposé d'attendre : il lui demanda d'amener un paquet pour son petit garçon. Pour être sûr de voir son colis à bon port, il prit le chauffeur de taxi par les sentiments.

– Il a huit ans, il s'appelle Pablo et adore le club de Barcelone. Dites-lui que je l'aime à mon *niño.*

L'homme au volant resta coi. Ému.

– Sur ma vie, sur le club, je ferai votre livraison ! Et je vais vous avouer : j'ai mis un peu de temps, mais je vous ai reconnu, M. Perlon ! Vous n'avez pas beaucoup changé à part la moustache ! Quand vous étiez joueur, nous vous surnommions Don Pedro, *El mosquetero !* Pour votre look et vos tacles tels des coups d'épées ! Eh puis, vous n'étiez pas le dernier à la bagarre ! À Barcelone, on aime les joueurs qui mouillent le maillot !

Perlon eut un petit sourire. Durant quelques secondes, il se rappela ses moments passés dans la cité catalane. Son look moustache fine, petite barbiche. Les titres de champion et… Dolores. Tout d'un coup, ce nom fit un effet d'un boomerang. Il fallait appeler l'ange démoniaque.

Le chauffeur n'omit pas de tendre la main, pour saisir une jolie liasse de 200 euros.

*****

Bandée à la tête avec un large sparadrap tel un rugbyman qui repart en mêlée, les flancs bleuis par les coups de pied, Mélissa, assise en tailleur sur un lit de l'hôpital Pellegrin, là même où Ademoah avait succombé quelques jours auparavant, attendait la visite d'un gynécologue. Il allait falloir lui répéter cette scène du matin qu'elle voulait plus que tout oublier. Et puis, ce serait au tour de la police de se pointer. Qui, quoi, comment, pourquoi ? Elle imaginait déjà les questions à venir de Julienne Lorat.

La porte s'ouvrit. Un grand bonhomme tout sec, blouse blanche, lunettes aux montants noirs, trois cheveux sur le caillou tirés en arrière pour cacher une calvitie pourtant inévitable, entra. Après avoir posé quelques questions, s'être justifié sur la nécessité de devoir l'examiner, il la fit s'installer sur son divan à roulettes - repose jambes intégré -, que venait d'apporter une infirmière. Puis vint l'heure du terrible instrument, *le spéculum.*

Mélissa écartait les jambes en faisant la grimace. Elle avait beau dire qu'il ne s'était « presque » rien passé, le professeur voulait procéder à des examens complets.

Une fois le gynéco et son assistante partis, Mélissa s'allongea sur son lit, le regard vers la fenêtre. Un rayon de soleil vint lui éclairer le visage entre deux nuages. Trois larmes se mirent à couler de son œil gauche. Sa main droite tordait le drap de colère. Elle se mit à pleurer de tout son être. Elle ne comprenait pas pourquoi elle était là, pourquoi on l'avait violentée. Mais au fond, ce n'étaient pas les douleurs qui lui faisaient le plus de mal.

La perte de tous ses documents rassemblés était la chose la plus dure à avaler. Et son chat, Boulette, massacré. Au nom de quoi ? Sa vue était embuée. Qui ?

Un coup de fil de son père et la promesse qu'il lui rendrait visite dès le lendemain vinrent lui redonner de la force.

Une bonne demi-heure plus tard, dans le couloir de l'hôpital, Claroux et Boulanger devançaient Julienne Lorat. Les deux acolytes frappèrent à la porte.

– Laissez, c'est une affaire de femmes, glissa la commissaire, en tapotant sur l'épaule de Boulanger. Le ton ne laissait pas le choix. Les deux hommes s'écartèrent.

*****

– Un jour, je vais te les couper !

C'est ainsi que se termina la conversation téléphonique entre Dolores et Pierre Perlon.

Perlon faisait grise mine, parce qu'il savait fort bien que son Ibérique en était capable.

Dans l'avion du retour, qui le fit se poser à Bordeaux vers 16 heures, Perlon décortiqua *Marca*. Il y vit notamment, dans la page spéciale football européen, un entrefilet parlant du choc à venir, dans une dizaine de jours, entre Amsterdam et Eindhoven, les deux grands clubs rivaux aux Pays-Bas. La brève expliquait, via les déclarations de l'entraîneur espagnol d'Eindhoven, que ce match déterminerait certainement déjà le prochain champion batave. Les quelques lignes stipulaient également qu'il n'y avait déjà quasiment plus de places disponibles. Perlon ruminait. Amsterdam, le nouveau club de Desendorf... Il était peut-être temps d'aller voir « le Boche ».

Je devrais t'envoyer Dolores, sale con!

*****

– Qui aurait des raisons de vous en vouloir Mélissa? interrogea Julienne Lorat.

– Mon patron. Je lui ai promis un reportage complet, avec un *scoop*, et je vais lui rendre une jolie feuille blanche. En plus, je lui dis souvent qu'il sent mauvais de la bouche, rétorqua la journaliste.

– Je n'en ai rien à faire de votre patron, de vos *scoops* à la noix et de votre ironie à la con. Moi je suis là pour préserver l'Ordre Public et en l'occurrence, votre intégrité physique, reprit la commissaire, en haussant le ton. Elle enchaîna:

– On m'a un peu dressé votre portrait au journal, je sais que vous êtes du genre effrontée, ado attardée. Mais là, je vous parle de vie ou de mort !

Le visage de la femme policier s'étirait de mille rides du menton aux oreilles.

Celui de Mélissa semblait gravé dans le marbre. L'expression « ado attardée » l'avait vexée. Elle fit la moue, laissa un blanc.

– J'ai réussi à me procurer l'agenda téléphonique de Michaël Ademoah. Et j'ai contacté quelques-uns de ses numéros… répliqua-t-elle enfin.

– Où avez-vous trouvé ce carnet ?

– Protection des sources commissaire, je ne peux pas vous le dire.

– Et moi je peux aussi vous placer en garde à vue pour détention de preuves et refus d'obtempérer. Je peux aussi lancer une perquisition chez *Aquitaine Éclair*…

– Ce ne serait pas la première perquisition dans les locaux d'un journal… Je ne l'ai pas gardé ce carnet, je n'ai fait que le recopier.

– Bref, on verra ça plus tard… Qui avez-vous appelé ?

– Dans la liste, j'ai laissé un message sur le répondeur d'un numéro étrange en Espagne. J'ai laissé mes coordonnées pour qu'on me rappelle, mais au journal. Et j'ai aussi appelé l'agent du joueur, Erila. Je dois le voir aujourd'hui.

– Humm, et ils auraient des choses à cacher au point de vous agresser ?

L'officier de police fixait Mélissa. La femme au brushing défraîchi fustigeait la jeune femme. De son regard noir, il semblait jaillir des éclairs. Impressionnante, déterminée dans ses mots, elle reprit :

– En tous les cas, Mlle Marchand, il est hors de question que vous sortiez d'ici aujourd'hui et que vous voyiez qui que soit d'autres que vos proches. On a déjà un homicide involontaire sur les bras.

– Il n'a rien d'involontaire votre homicide…

– Et pourquoi ma chère ? Il va falloir coopérer un peu !

– Et si c'était vous commissaire qui m'en disiez un peu plus ?

Julienne Lorat réfléchit quelques instants. Puis un sourire lui vint aux coins des lèvres.

– Vous n'êtes pas vraiment en position de négocier. Mais c'est d'accord. Donnant-donnant. Je peux vous dire que nous avons découvert que votre homme était malade. Séropositif. Et qu'en plus, il se dopait.

– Ça, je le sais depuis plusieurs jours, ironisa Mélissa.

– Comment ?

– Une source…

Silence. Le sourire jaunâtre de Julienne Lorat s'estompait pour faire place à un faciès plus tendu.

– Vous m'agacez. Non, en fait, vous me gonflez. Je vais vraiment vous embarquer si vous ne me donnez rien de plus !

– Je peux vous donner des précisions. Son statut de séropositivité est récent. Il date certainement de l'été dernier. Il est rentré au pays, et le sida au Nigeria, c'est malheureusement une maladie qui a pignon sur rue. Tant qu'on les laissera crever… Quant au produit qu'il utilisait pour se doper, il s'appelle l'Oral-Turinabol. Des pilules bleues. Une bonne vieille merde qui pourrit le foie des athlètes qui l'utilisent… Certains en sont morts, dans les années 80, du côté de l'ex-Allemagne de l'Est.

– Qu'est ce qu'ils sont venus chercher chez vous, Mademoiselle Marchand ? dit la commissaire sur un ton ferme, montrant son impatience.

– Et bien, j'avais collecté pas mal d'infos, des interviews, des réactions, des numéros, des contacts…

– Allez-vous au moins me donner ces numéros ?

– Malheureusement, ils m'ont été volés commissaire.

– Il va falloir me dire où vous les aviez obtenus…

– Madame, vous savez bien que je ne peux pas le dire, parce que j'ai promis de ne pas impliquer ces personnes. Et la liberté de la presse et notre droit à ne pas citer nos sources existent encore dans ce pays non ? Je vous rappelle cet article : « tout journaliste, entendu comme témoin sur des informations recueillies dans l'exercice de son activité, est libre de ne pas en révéler l'origine ! ».

– Oui, ma chère Mélissa, mais cette fois, en plus d'être témoin, vous êtes aussi victime. On va vous avoir à l'œil.

Julienne Lorat tourna les talons. Elle avait de nouveaux éléments. Mélissa était heureuse d'avoir gagné un peu de temps. Mais pour le rendez-vous avec Erila, ça semblait cuit.

*****

Quelque part à Bordeaux

Je prends mes médocs. J'en ai besoin. J'ai la haine. C'est fait. Elle a rien compris, Elle ne m'oubliera pas de sitôt. Normal, moi je ne peux rien oublier. J'ai ça en moi. C'est fini de toute façon, depuis longtemps. Il ne me reste pas grand-chose. Mais ce qu'il me reste, je le préserve. Bande de fumiers. Et la grande, elle aussi elle commence à dérailler à me faire faire ce genre de trucs. Qui déraille en fait ? Elle ou moi ? J'en ai rien à foutre. Ils ne doivent pas faire mal à ma princesse, ma reine. Qu'ils ne la touchent plus !

Putain de médocs, quelle merde. Faut que je boive un coup. Encore un coup. Ça va mieux. Putain, putain, putain ! Un verre de blanc. Deux. Trois. J'aurais peut-être dû carrément la buter. Ou alors lui faire plus mal. Quatre.

Faut que j'enlève ces miroirs. J'ai vraiment une sale gueule. On dirait un porc. J'en suis un. Je vais me flinguer de toute façon. Ça va de plus en plus mal. J'ai mal.

– Allô ?

– C'est fait. T'es une grande malade. Mais ça m'a bien fait marrer.

– Viens, rejoins-moi, on va faire un tour sur l'eau.

– Fait froid et fera nuit. Pas le courage !

– Viens je te dis ! Viens me baiser !

– Si je pouvais crever de froid…

*****

Perlon déboula à l'hôpital vers 17 heures. Sur le chemin, il s'était arrêté chez un fleuriste, pour un joli bouquet dans les tons bleus, jaunes et blancs, gerberas, jonquilles et lys. Son cœur battait la chamade. « Cœur d'artichaut » l'appelait sa mère.

Devant la porte, deux hommes tournaient en rond, café à la main.

Perlon s'approcha

– Et merde… fais chier de faire le piquet. Pour qui elle nous prend, la commissaire, pour de la bleusaille ?

– Dis donc Boulanger, tu peux pas arrêter de commencer toutes tes phrases par « Et merde ! ? » dit l'autre.

– Désolé d'interrompre votre conversation, mais c'est bien la chambre de Mlle Marchand ?

– Qu'est-ce que vous lui voulez ? demanda Claroux.

– Juste lui rendre visite

– Vous êtes de la famille ?

– Non pas vraiment.

– Un proche ?

Perlon ôta le bonnet qu'il avait vissé sur son crâne. Il glissa sa main dans ses cheveux aplatis pour se recoiffer.

– Je suis Pierre Perlon, l'entraîneur de foot.

– Ah oui ! M. Perlon. Mais on ne peut pas vous faire entrer, malheureusement.

– Euh… je suis son petit ami…

Les deux hommes se regardèrent, dubitatifs. Boulanger leva un sourcil.

– Pas la peine qu'on lui demande de confirmer, hein, M. Perlon ? Susurra Claroux.

– Eh bien… si vous voulez…

– On va vous fouiller, et vous pourrez y aller. Mais on jettera un œil par la lucarne… confirma Boulanger.

Perlon poussa doucement la porte et entra dans la chambre.

– Ils nous prennent vraiment tous pour des andouilles aujourd'hui, chuchota Boulanger à Claroux, une fois la porte refermée.

À l'intérieur, Mélissa était allongée, les yeux fermés. À contre-jour, Perlon ne distinguait que ses formes sous le drap. Elle n'était vêtue que d'une simple blouse d'hôpital. L'entraîneur s'approcha et constata l'ampleur des coups avec ce gros bandeau blanc enroulant sa tête. Mélissa semblait dormir profondément. Perlon trouvait que même bandé, ce visage restait vraiment très gracieux. Il ressentit une énorme chaleur lui envahir le corps. Il posa le bouquet de fleurs sur la table de nuit, et tourna les talons, pour repartir.

Mélissa ouvrit un œil, en même temps qu'un large sourire. Elle chuchota :

– Pierre…

L'entraîneur fit volte-face. Il sourit à son tour et vint s'asseoir au bord du lit. Il prit la main gauche de Mélissa dans la sienne. Le visage carré de l'entraîneur venait de s'arrondir grâce à un large sourire. La jeune reportrice, à voix basse, commença à lui raconter sa matinée mouvementée.

– Ouah, terrible, il est en train de l'embrasser, il lui a enlevé sa blouse ! s'exclama Claroux, sur la pointe des pieds, l'œil collé à la lucarne en forme de losange placée dans la porte.

– Quoi ? Tu déconnes, fais voir ça ? s'esclaffa Boulanger.

Claroux ne bougeait pas.

– Allez, fais voir ! À son tour devenu voyeur, Boulanger ne vit rien de la scène décrite et imaginée par son collègue, qui pouffait déjà dans son coin.

– Et merde, je me suis fait baiser. Il est debout face à la fenêtre, en train de tambouriner du poing, comme s'il était en colère…

– Elle a dû le mordre… pouffa Claroux.

– C'est malin.

Dans la chambre, l'entraîneur, debout, faisait les cent pas. S'il y avait eu un ballon au sol, il l'aurait propulsé au moins à 100 mètres. Il ne comprenait pas que quelqu'un ait voulu agresser Mélissa, au point de la meurtrir.

Elle le regardait, attendrie par tant de compassion. Perlon bouillonnait. Il finit par lâcher :

– Direction Biarritz, je vais voir Erila. Si c'est lui qui est à l'origine de tout ça, la mort d'Ademoah et de votre agression…

– Si c'est lui, ça m'étonnerait fort qu'il vous attende. Ou alors méfiez-vous. On devait se retrouver sur le rocher de la Vierge, à côté de la Grande-plage… comme deux amoureux… En tous les cas, ne partez pas seul. Et merci pour les fleurs !

Perlon avait déjà récupéré son blouson.

– Vous êtes toujours à l'hôpital ?

– Non, patronne, répondit Boulanger.

– Commissaire ! rectifia Julienne Lorat.

Elle poursuivit :

– Du nouveau ?

– Perlon est venu voir la fille. Il est parti, presque fâché, le regard noir. Et comme vous l'aviez ordonné, nous sommes en train de le suivre. On a pris la direction du Pays basque, expliqua Boulanger.

– De mon côté, j'ai du neuf sur l'effraction chez Marchand. Nos scientifiques ont trouvé pas mal de traces de pas de l'agresseur marquées au sol par des particules de terre ou de sédiments. Tout ça est parti au labo. On devrait avoir les résultats rapidement. Pas sûr que ça nous apprenne grand-chose, mais sait-on jamais. Tenez-moi au jus sur la suite de votre voyage !

Julienne Lorat raccrocha tout net.

*****

Perlon aimait à contempler l'océan, le voir rugir ses vagues, sulfureuses filles de l'eau prêtes à s'enrouler et s'étreindre vers la terre. Cette ville de Biarritz, ses beautés et ses mystères, il en était amoureux depuis son premier séjour à Bordeaux. Il aimait y passer deux jours de temps à autre. Il y faisait, selon qu'il soit accompagné ou non, un petit tour au restaurant *El Callejon*, inévitable endroit typique de la ville, adoré des people d'un autre temps, où l'« aficion » aime se régaler d'un steak de toros. Placé dans une minuscule rue perpendiculaire à l'avenue de cette chère Impératrice, le restaurant permet ensuite la digestion par une petite ballade en descente vers la plage. Les soirs de solitude, Perlon s'adonnait plutôt à quelques parties de blackjack ou de poker au casino situé en front de mer.

En cette période d'hiver, dans Biarritz la déserte, le spectacle était encore plus fascinant, surtout face aux éléments déchaînés.

Pour Perlon, la visite ne serait cette fois ni reposante, ni galante, ni ludique. Son escapade vers le rocher de la Vierge devait tourner à une visite au confessionnal. Erila serait le confessé, lui le confesseur.

Après s'être stationné dans le parking du Casino, établissement baroque majestueux placé sur la Grande Plage de la ville, Perlon, à cadence très rapide - il avait une vingtaine de minutes de retard - se dirigea vers le célèbre rocher. Arrivé sur la passerelle Eiffel, menant de la terre ferme au rocher, Perlon, freiné par le vent, vit un homme se diriger vers lui, du retour de la Vierge.

Dans ses jumelles, depuis la route construite en bordure de falaise, l'inspecteur Boulanger voyait les deux silhouettes, les cheveux ébouriffés, écharpes en drapeaux, se rapprocher inexorablement.

Sur la passerelle, Erila avait reconnu Perlon, Perlon avait deviné Erila. Avec le vent, la conversation prenait du volume.

– Erila ! hurla Perlon.

– Si ! Si !

– Tu sais pourquoi je suis là ?

– Disons que je m'attendais à voir quelqu'un de plus sexy.

– Ne te fous pas de ma gueule Erila ! Tu sais ce qu'il lui est arrivé, vociféra Perlon.

Deux bons mètres séparaient Erila de Perlon. Une distance s'était créée, presque automatique, sinon stratégique. L'agent d'Ademoah avait d'un seul coup laissé son sourire ironique de côté, tandis que les yeux de Perlon étaient devenus anthracite.

– Je ne sais pas de quoi tu parles *coach,* lâcha Erila.

– L'Oral-Turinabol, les pilules bleues, la mort d'Ademoah, tout ça, ce sont des choses que tu ne connais pas ? Fumier !

– Écoute Perlon, la reportrice m'a effectivement appelé pour me parler de tout ça, et c'est elle qui devait être là, à ce que je sais. Toi, tu gueules, tu fais des grands gestes et tu me postillonnes sur le costume. Tu ne m'impressionnes pas Big Jim !

Perlon avança d'un pas. Erila ne broncha pas. La poussière et le sable brassés par le vent, la longue passerelle, les deux hommes seuls, face à face. Les vagues qui se fracassent sur le rebord, les deux coqs prêts à s'affronter. Pierre Perlon serra les poings.

Dans leur Renault Mégane banalisée, Boulanger et Claroux n'étaient plus à l'heure des boutades.

– Qu'est-ce qu'on fait ? demanda Boulanger au collègue.

– Rien, attends. T'inquiète, ils ne vont pas se flinguer là. Qui plus est sur le rocher de la Vierge. Ce serait péché.

Boulanger regarda son coéquipier en coin, le sourcil broussailleux levé. Il se demandait s'il était sérieux. Il reprit sa paire de jumelles.

– Pourquoi avoir fait tabasser Mélissa ? aboya Perlon.

Erila scrutait l'entraîneur bordelais.

– Tu me prends vraiment pour un con. Elle m'appelle, me balance des trucs pourris, et hop, je la bousille ! Un peu facile…

– C'est toi qui me prends pour un con. Si tu es venu, c'est qu'elle t'a foutu la trouille et que tu as des choses à cacher. Et tu vas me les cracher.

Une énorme vague vint s'écraser sur le bas du rocher, éclatant dans la hauteur en un millier de perles. Quelques gouttes vinrent refroidir les deux hommes.

– Je n'ai rien à te dire, Perlon.

– Moi si. Tu es une ordure, et je suis persuadé que tu as bousillé Ademoah. Comme tu dois bousiller d'autres joueurs. Il va falloir te stopper Erila.

– Me stopper ! ? L'agent ricanait.

– En fait, si, j'ai quelque chose à te dire. Tu fais l'autruche Perlon. Tu es un bidon. Ne me dis pas que dans toute ta carrière, tu n'as pas vu tous ces pauvres types prendre des vitamines, se doper jusqu'aux oreilles pour tenir la cadence, pour ne pas rater le contrat de leur vie, ou tout simplement pour survivre dans un milieu où seuls les plus forts réussissent ? Ne me dis pas que tu n'as jamais touché à la « jaja » Perlon ? Ou alors, tu es l'un des derniers Mohicans, tu es Candide au pays des merveilles ou une sorte de Don Quichotte des temps modernes.

– Mes joueurs ne se dopent pas, Erila.

L'agent partit dans un énorme éclat de rire.

– Je me disais bien aussi que tu étais un de ces preux chevaliers. Le chevalier blanc Perlon, défenseur de la veuve et du pantin. D'ailleurs, tu es venu pour protéger ta pucelle, non ?

Erila continuait à rire grassement.

– Ils ont l'air de bien se marrer, lança Boulanger à Claroux, stoïque.

En un dixième de seconde, Perlon était sur Erila. Il lui décocha un foudroyant crochet du droit qui fit s'étaler l'agent de tout son long. Perlon s'approcha au-dessus de lui.

– Voilà, premier avertissement. Arrête de jouer. La prochaine fois, je te balance par-dessus la barrière.

Erila s'accroupit. Son imperméable s'était transformé en serpillière au contact de l'eau de mer inondant le sol. Trempé, frappé, humilié.

Boulanger voulu sortir de la Laguna.

– Laisse faire, souffla son collègue.

– Écoute-moi Perlon. Ta gonzesse, je ne l'ai pas touchée, je ne te le répéterai pas dix fois. Ce n'est pas la première journaliste qui m'appelle et qui tente de me faire baver sur la dope. Généralement, tu le sais très bien, tout est très vite étouffé. Elle n'aura de toute façon jamais de preuve de quoi que ce soit. Et puis elle fait n'importe quoi, appelle des numéros sans savoir de quoi il retourne. Franchement, si elle a pris une branlée, elle l'a bien méritée. Mais nous, nous sommes des gens sérieux. On l'aurait peut-être liquidée…

Erila s'arrêta quelques secondes, défiant du regard l'entraîneur. Il reprit.

– Les pilules, ça va ça vient. Elles ont ce côté pratique d'être facilement transportables. Les supporters font bien passer leurs fumigènes dans les stades en les planquant dans leurs sandwichs… Comme mes amis font passer les pilules dans les clubs au nez et à la barbe de leurs soi-disant dirigeants. Vous ne dirigez rien. En quelque sorte, c'est comme si on vous les fourrait dans le trou du cul. Quant à ton Ademoah, il s'est pété la gueule lui-même. Il a abusé, il a tout mélangé. Oui, il a eu sa dose de pilules bleues. Une bonne dose même. Mais ce n'est pas ça qui l'a flingué. Ce n'est pas moi qui l'ai tâclé au sang ! Ce n'est pas moi qui lui aie injecté de la coco et de l'héro ! Et ce n'est pas moi qui l'ai fait jouer ! Peut-être que ton staff médical aurait pu te dire qu'il était un peu faiblard en ce moment, et que plus il se sentait faible, plus il se chargeait. Point barre Perlon.

Une énorme vague vint se casser sur le pont. Sans échanger un mot, les deux hommes se séparèrent. Perlon reprit la route de Bordeaux

Au loin, la Laguna des deux inspecteurs démarra et prit en filature la grosse BMW d'Erila.

*****

En ce dimanche matin, Mélissa Marchand avait grise mine. Les larmes coulaient le long de ses joues depuis le début de la matinée. Un ordinateur portable lui avait été livré à sa demande. Elle avait appelé son rédacteur en chef à son domicile pour lui expliquer qu'il devait se débrouiller afin de garder une double page dans l'édition du lundi. Son reportage serait conséquent, malgré le vol de ses notes et des bandes sonores. Mélissa gardait en mémoire de nombreuses citations de ses interlocuteurs, notamment de Léa Serce, et elle pourrait aussi compter sur l'interview de Perlon, qu'elle réaliserait ce dimanche soir. Mais dans la tête, elle avait aussi les souvenirs d'un homme aux mains râpeuses s'infiltrant au plus profond de son intimité. Bafouant sa liberté. Souffrir en silence, extérioriser dans l'écriture. Oublier tant de souffrances.

La journée fut simplement égayée par la visite de son père, son « papou », qui lui redonna le sourire lors d'une heure très fusionnelle. Le reste du dimanche fut consacré au travail.

Vers 18 heures, elle réussit enfin à joindre Perlon. Le médecin de garde, après lui avoir fait remarquer qu'elle n'avait pas avalé sa soupe, expliqua qu'elle serait « libérée » le lendemain matin, après les derniers examens. Vers 19 h 30, un coursier vint chercher la clef USB, contenant les articles de la jeune reportrice. L'homme en scooter prit la direction de la rédaction d'*Aquitaine Éclair*.

Mélissa passa le reste de la nuit à pleurer sa détresse. Les infirmières de garde finirent par lui donner des calmants pour qu'elle puisse enfin dormir.

*****

L'immense cathédrale Saint-André. La foule, la police, la pluie par intermittence. La télé, même, pour un direct intrusif proposé par la chaîne du club. Une bonne vingtaine de photographes, une quinzaine de reporters d'images et de cameramen, des journalistes carnets en mains ou dictaphones tendus, des perches pour le son, des micros, reliés aux Nagra qui se dressent, des bousculades, des cris, des pleurs… En fond, le lourd son des cloches.

Les fans qui se pressent en nombre sur le parvis de la place Pey-Berland, faisant de part et d'autre une haie d'honneur aux personnalités, jusqu'à l'entrée de l'immense édifice religieux. L'arrivée de quelques membres de la famille d'Ademoah, mais aussi des élus, la maire de Bordeaux en personne, les joueurs, tous avec le blaser du club: la cérémonie d'hommage au joueur disparu n'allait pas passer inaperçue, à Bordeaux, en France, en Europe, en Afrique...

Un cordon de police, renforcé par quelques « stadiers » du club dans la foule des supporters, veillait au bon déroulement de l'office. Non loin, le long du Palais Rohan, l'hôtel de ville de Bordeaux, quatre cars de CRS se trouvaient stationnés en planque rue Élisée Reclus.

Michaël Ademoah, de religion catholique, allait connaître son dernier hommage sur la terre de France dans le plus beau lieu de culte de la ville. C'est l'archevêque de Bordeaux qui prononcerait la messe en personne.

Son corps venait d'arriver dans le fourgon mortuaire dans un cercueil déjà fermé. Pas possible de voir la dépouille: le décès remontait déjà à huit jours. Deux jeunes cousins du défunt, mais aussi quelques joueurs de la sélection nigériane, dont le lyonnais Evender Asabalaboah, s'apprêtaient à transporter le cercueil à l'intérieur de la grande église. Les photographes étaient prêts pour l'image. L'arrivée dans son gros 4x4 du président Atché, de sa femme et de sa plus grande fille, Odile, imposantes lunettes noires sur le nez, firent crépiter encore un peu plus les flashes. Dans la foule, les numériques et portables sortaient des poches et des sacs. Quelques hurluberlus s'étaient même essayés à grimper sur les toits.

Le dossier de Mélissa Marchand, publié le matin même, annoncé plein pot à la une d'*Aquitaine Éclair*, n'avait pas aidé au calme et à la discrétion de la cérémonie. Tout y était dit. La mort de Michaël Ademoah n'était pas si accidentelle: il était chargé à l'Oral-Turinabol, mais aussi à la cocaïne. De surcroît, il était séropositif. Les divers éléments du dossier démontraient que la santé du joueur ne pouvait être si prétendument méconnue par le staff médical du club. L'agression de la jeune reporter avait aussi été évoquée - sans qu'elle ait été consultée - dans le canard du jour, sous la forme d'un édito rédigé par le rédacteur en chef. Un édito qui avait eu le don d'agacer Mélissa, qui ne voulait pas donner plus de crédit à son agresseur, et surtout qui n'avait pas envie de répondre dix mille fois, dans les jours à venir, à la peu truculente question « Ça va? ». Son cas personnel avait réveillé la compassion de certains. Elle avait reçu quelques bouquets de fleurs au bureau. Même une bouteille de vin d'un grand Château. Léa Serce lui avait fait passer un message très gentil. Dans ses différents papiers, la reportrice avait bien veillé à l'anonymat de la jeune femme.

Mélissa, sommée de prendre du repos par sa direction, hésita longtemps à venir assister aux obsèques. Elle décida d'y venir grimée. Perruque blonde sous un chapeau noir, lunettes, tailleur sombre inhabituel à son style, elle se fondit sans mal dans la foule.

Pierre Perlon préféra arriver à pied. Il accompagnait Joshua Mc Kinney. Bud les attendrait non loin, dans un pub nommé *The Connemara*. Bud en avait déjà fait son rendez-vous quasi quotidien. « *My home, my land!* » rigolait-il. Joshua regarda Perlon, agitant son index sur sa tempe : « il est toc toc mon *brother coach!* ». Perlon sourit. Mais l'entraîneur ne pensait qu'à une chose. Trouver Etchegarray. À son arrivée dans la cathédrale, par une porte dérobée, il scruta des yeux l'assistance. Pas de Doc en vue. La foule présente l'impressionna. Un battage médiatique hallucinant pensait-il. À peine allait-il prononcer le mot « dégoûtant », que Joshua l'interpella.

– Si je meurs, j'aimerais bien qu'il y ait autant de monde !

À cette réplique, Perlon eut une moue dubitative.

– Pour que le curé fasse sa plus grosse recette ! rigola le facétieux jeune Irlandais. Il arracha un nouveau sourire à Perlon.

L'entraîneur s'enfonça un peu plus dans l'église. Il devait s'approcher des premiers rangs pour rejoindre le *staff*. Le copropriétaire du club, De Saint-Élis, son fils Nicolas, les recruteurs Bolder et Gomes, et le bras droit, Gravet,étaient déjà là. Le président Atché bien sûr, et sa famille, les avaient rejoints. Même Ange-Boubert, l'autre copropriétaire était revenu plus tôt des Antilles pour le dernier hommage à Ademoah. Mais pas d'Etchegarray.

Perlon ne put s'empêcher, une fois aux côtés du président Atché, de glisser :

– Pas de nouvelles du Doc ?

Atché fit la moue. Comme agacé par cette question à un tel moment.

– Il a vraiment besoin de repos, Pierre. Mais qu'est-ce que vous lui voulez à la fin ? Vous êtes toujours du club non ? Vous voulez le planter, c'est ça ?

Perlon fronça les sourcils. La réponse du *boss* ne lui plaisait guère.

– Président, j'aimerais que l'on se parle dans les jours à venir…

– Pas de problème, Pierre, mais moi j'aimerais que vous vous concentriez sur l'équipe !

L'archevêque débuta son office lorsque les cloches s'arrêtèrent de sonner. Les cris et pleurs des fans, la petite larme d'Odile Atché, toujours si sensible et victime de remontrances paternelles, le crépitement de quelques flashes : l'instant avait du mal à devenir solennel. L'archevêque demanda très sévèrement le silence. Il sermonna.

– Respectez la mémoire de l'être foudroyé !

La voix grave de l'homme d'église venait de faire entrer la mort dans les consciences.

Mélissa avait réussi à se faufiler dans la foule jusqu'à l'entrée principale de la cathédrale. Aujourd'hui, impossible de présenter la carte de presse, il fallait jouer des coudes.

Au bout de quelques minutes, l'archevêque réitéra ses remontrances, menaçant de ne pas continuer son office. Un paparazzi avait réussi à se cacher dans une niche à cinq mètres du sol, près des orgues magnifiques. Un autre campait au milieu des tonnes de compositions florales. La jeune reportrice continuait à slalomer dans la foule incroyablement dense. Le ciel sombre des jours d'hiver cotonneux, le froid, le noir environnant des tenues de deuil, la mélancolie et les larmes de tous ces anonymes : la jeune femme soupira de tous ses poumons.

Mélissa, intrépide, continuait à regarder tous ces visages. Après quelques minutes, elle aperçut dans la foule Léa Serce, grand chapeau à mailles noires. Elle était entourée de deux hommes dont l'un d'eux ne lui semblait pas inconnu. Une grande femme, rousse, charmante, complétait le quatuor. Elle faillit interpeller Léa, la remercier pour son mot gentil, mais elle se ravisa à la mémoire de son déguisement. Pas de larmes, mais la mâchoire serrée. Mélissa compatissait pour Léa. Elle trouvait cette fille belle dans son malheur. Le ciel lui aussi proposait de nouveau quelques larmes.

De son côté Perlon assista à toute la cérémonie. Long office, incroyable drame. Cette attente avait le don de le faire ruminer. Il essayait de comprendre. Il avait un temps essayé de se convaincre, de se dire que tout n'était peut-être qu'un concours de circonstances. Il était presque prêt à laisser tomber. Mais tout cela allait plus loin, désormais, avec l'agression de Mélissa. Et les découvertes en cascade ne faisaient que confirmer le dopage, la drogue, la quête de la performance.

À distance raisonnable, Mélissa regardait Perlon avec tendresse. Bel homme. À la fois rayonnant mais si infiniment triste. Imperméable. Mélissa sentait un secret à percer.

À la sortie du cercueil porté d'un côté par les joueurs nigérians de l'autre par les cousins, renforcés de deux coéquipiers bordelais, dont les pas étaient cadencés par le bruit sourd des cloches, une énorme clameur vint de l'extérieur. Les supporters scandèrent plusieurs fois le nom d'Ademoah. L'un d'entre eux alluma même un fumigène rouge dans la foule. S'ensuivit une bousculade. Quelques policiers tentèrent d'éteindre l'artifice. Mélissa Marchand perdit Perlon du regard, mais retrouva Léa Serce dans son champ de vision.

Le corps s'éloigna de la place jusqu'à l'intérieur du corbillard, suivi par quelques véhicules. Les flashes reprirent de plus belle.

Perlon dut rester un moment avec les membres du club. Il salua les copropriétaires, les salariés, les joueurs et éducateurs, non sans leur présenter, pour ceux qui ne l'avaient encore croisé, le jeune prodige irlandais.

Nicolas de Saint-Élis restait en retrait. Pas très grand, le visage ravagé par une acné qui avait dû lui pourrir son adolescence et qui lui pourrirait le reste de son existence, l'héritier des Saint-Élis était plutôt trapu. Les cheveux noirs mi-longs à la mode argentine, la barbe naissante comme pour mieux cacher ses cratères de l'épiderme. Il avait pour lui de très beaux yeux bleus, perçants. Placé juste à côté d'Odile Atché, Nicolas approcha sa main de l'épaule de la jeune fille. Elle lui claqua d'un revers de main sur les doigts tout juste posés ; Nicolas retira sa main. Arrivé devant le groupe de Perlon, le jeune garçon ne salua pas Bud, qui lui, avait le bras déjà bien tendu, attendant le geste de salut.

– Il ne mord pas lâcha, caustique, Perlon.

– Je peux jouer en première quand vous le voulez, M. Perlon dit Nicolas de Saint-Élis. Puis il s'approcha de l'oreille du *coach* pour lui murmurer :

– Ou alors je demanderais à mon père, ou à mon futur beau-père...

Le regard de l'entraîneur fut celui d'un gladiateur prêt à mourir au combat. Il allait répliquer quelque chose du style « vous vous croyez à Bahreïn ou à Tripoli ? ». Mais l'héritier des Saint-Élis tourna la tête sans prêter attention. Perlon prit congé auprès de sa direction. Il dut se faufiler dans la foule rapidement, pour ne pas répondre aux questions des journalistes se faisant pressants.

De son côté, Mélissa se décida à suivre Léa Serce. Elle voulait tenter de lui parler discrètement. Une fois la place quittée, le petit groupe accéléra le pas. Mélissa suivait de loin, espérant un moment seul avec Léa. Sans possibilité. Le groupe s'était garé assez loin, et il lui fallu quinze minutes de marche pour arriver à un monospace, stationné dans une rue perpendiculaire au cours de la Somme. Sur le véhicule blanc appartenant visiblement à une société, était estampillé : « Entreprise Serce », suivi d'un message publicitaire : « les ostréiculteurs du Bassin d'Arcachon, à votre délice ». Les deux hommes prirent place devant. Léa et l'autre femme enlevèrent leur chapeau et prirent place à l'arrière. Le véhicule démarra et s'engouffra dans les rues bordelaises.

*****

La semaine fut longue et compliquée pour Pierre Perlon. Il devait s'atteler à préparer un match de football le samedi, mais il n'en avait pas du tout l'envie. Le lundi, après l'entraînement, il avait dû répondre aux questions de la police. On lui demanda notamment de préciser quelles relations il entretenait avec un fameux Erila. Il fit rapidement les confidences adéquates, ce qui eut le mérite de détendre la commissaire Julienne Lorat.

Celle-ci lui confia donc *primo* qu'Erila était placé sous surveillance par les collègues espagnols, et qu'il semblait être au cœur d'un énorme trafic de produits dopants, et que *secundo,* d'énormes soupçons pesaient sur Jean-Louis Etchegarray, le médecin du club, qui avait étonnament disparu.

Perlon expliqua qu'il pensait le médecin responsable de certains débordements mais pas du tout coupable des maux de Michaël Ademoah. Julienne Lorat avait envoyé un mandat d'arrestation à ses collègues du Pays basque. Boulanger et Claroux, sur place, avaient fait le lien avec l'affaire de Bordeaux.

Quant à Mélissa, il fallu l'intervention de son père, contacté par le journal, pour que la journaliste accepte du repos. Elle décida de s'échapper dans la maison de son père pour deux jours de quiétude. Mais elle promit, par téléphone, à Pierre, d'être présente le soir du prochain match, samedi, pour Bordeaux – Toulouse, derby de la Garonne, un classique à enjeux. En réalité, c'était surtout l'après-match et l'éventualité d'un dîner qui avait séduit l'entraîneur.

Le *coach* reprit en main doucement son équipe, programmant deux entraînements par jour. Pas de nouvelles d'Etchegarray, très peu de contacts avec ses dirigeants… Seuls quelques échanges de *mails* avec la « petite » Marchand avaient un peu égayé ces tristes jours d'hiver. Même s'il trouvait que la jeune journaliste cultivait des idées bien noires. Le vendredi, les joueurs et le *staff* s'étaient rassemblés dans un hôtel de Saint-Émilion pour une « mise au vert ».

******

« Merci à tous d'être avec nous en direct sur *notre antenne* pour suivre cette très importante 25e journée du championnat de France de Ligue 1 qui va opposer Bordeaux à Toulouse, un Bordeaux meurtri par la mort récente du regretté Michaël Ademoah. Un club sur lequel planent des doutes après les révélations d'une jeune journaliste locale au cœur de l'actualité ».

Mélissa était branchée sur les ondes d'une des plus grandes stations de radio françaises via l'autoradio. Arrivée quelques minutes plus tôt au stade, elle s'était arrêtée sur le parking, avec une frousse atroce. Plus question d'atteindre la tribune de presse qui s'annonçait bondée. Ses jambes flageolaient. Elle n'avait pas le courage d'affronter le regard ni les questions de ses collègues. Pas envie d'être pressée comme un citron. Alors elle s'était installée avec son nouveau PC portable dans la voiture, se connectant à Internet grâce à sa carte 3G. Elle surfait sur le *net,* tel un robot, à l'affût des dernières infos. La radio continuait à moduler.

« Le décès du Nigérian a littéralement affecté toute l'équipe et on se demande bien quels sont les mots que Pierre Perlon a pu trouver pour essayer de motiver son groupe, à quelques minutes du coup d'envoi ».

– Et en plus, mon cher Richard, il faut expliquer à nos auditeurs que l'équipe bordelaise compte de nombreux blessés et un forfait depuis ce matin, l'attaquant franco-espagnol Delgado, qui s'est fracturé le gros orteil dans son appartement.

– Un nouveau coup dur, c'est vrai. Mais il restait une possibilité à Perlon, ce soir, pour affronter Toulouse, et l'entraîneur l'a fait : incorporer le jeune attaquant irlandais recruté il y a peu, Joshua McKinney ! »

Le match débuta après une minute de silence. Une gerbe de fleurs fut même posée au bord du terrain, là même où Ademoah reçut les premiers soins. Les joueurs portaient des brassards noirs autour du biceps droit, un énorme *tifo* représentant le visage d'Ademoah avait été déployé par les supporters. Puis vint l'heure des premières passes. Les Aquitains n'avaient pas l'envie, il ne fallut que dix minutes pour qu'ils encaissent un premier but. Dix de plus pour le 2 à 0. À la mi-temps, transparents, les joueurs de Perlon avaient déjà encaissé trois buts. Perlon, du bord du terrain, jeta un regard vers les tribunes. Il croisa furtivement les yeux de son président et du directeur, assis à côté du maire de la ville. Quelque chose se détachait en lui. Il n'avait pas la foi ce soir pour discourir, pour haranguer ses joueurs. Il avait cette impression si soudaine d'être un étranger au club. De perdre certaines de ses certitudes.

Dans la voiture, Mélissa, la tête appuyée sur sa main, elle-même écrasée contre la vitre du côté conducteur, s'était assoupie.

« Buuuuuuuuuuttttttttttttt », réduction du score par le jeune Irlandais Johsua McKinney! Même s'il n'a eu qu'à pousser le ballon au fond des filets sur cette faute de main du gardien toulousain, ce jeune Irlandais a de la ressource! »

Le cri déchirant du commentateur radio avait réveillé d'un coup Mélissa, qui se fendit d'un léger sourire.

« Les Bordelais jouent mieux, le jeune prodige a un impact. Il est très très remuant depuis son but. Il joue sans se soucier du contexte, et on peut dire que c'est tant mieux pour le jeu, et c'est un bel hommage pour Ademoah le défunt… »

« N'importe quoi… » ne put s'empêcher de dire à voix haute la jeune reporter.

La partie avait l'air de s'emballer. McKinney lui avait redonné du courage, à elle aussi. Elle se décida à descendre de la voiture. À peine arrivée à la première zone de contrôle, au moment où elle présentait sa carte de presse, une clameur retentit à nouveau dans le stade; le speaker annonçait: 3-2!

« Bordeaux revient à la marque grâce à un nouveau but de McKinney! »

Après un second contrôle de sécurité, elle gravit les marches pour accéder à la tribune de presse, les escaladant quatre à quatre. La majorité de ses collègues en plein travail ne firent pas attention à elle.

Elle ne sut pas pourquoi, mais elle ne put réprimer un geste de liesse, les bras tendus vers le ciel, lorsque les

Bordelais marquèrent un troisième but, grâce au jeune Éliot Marin. Elle s'était pourtant toujours défendue de montrer sa joie en public, au motif de « pas de supporter au royaume des reporters ! ». Mais ce troisième but, cette égalisation bordelaise de la dernière minute, l'emplit de bonheur.

Sur le bord du terrain, Perlon lui aussi leva les bras au ciel. Il venait de se rappeler que c'était pour des moments pareils qu'il avait souhaité faire ce métier, aller au bout de cette passion.

Au coup de sifflet final, Joshua McKinney vint se jeter dans les bras de son entraîneur.

« Merci *coach* ».

Perlon n'en revenait pas. Le jeune Irlandais avait marqué deux buts, et il lui disait merci d'avoir pu jouer une demi-heure. Il le regarda et le serra très fort. En équipe, les Bordelais se regroupèrent au centre du terrain, un doigt levé vers le ciel.

*****

Dans la salle de presse, Marchand dut enfin se résoudre à accepter les complaisances. Mais elle devait en passer par là pour approcher Perlon, l'entraîneur ayant coupé son portable. Un confrère brancha son micro pour interviewer sa jeune consœur. Entre félicitations pour ses révélations - jalousie pour d'autres - et mille et unes questions, elle n'avait qu'une idée en tête : Perlon. Une incroyable envie de se rapprocher de lui, de se sentir en sécurité, pourquoi pas dans ses bras.

Quand elle aperçut enfin Pierre, elle ressentit une énorme chaleur l'envahir. Pour Perlon, ce fut la même chose. Apercevoir cette jolie brune au loin rajouta une énorme dose à son bonheur du soir. Il fut soudain envahi d'un grand soulagement, elle était venue.

Ils se rapprochèrent l'un de l'autre, ignorant les sollicitations.

– Je vous emmène dîner Mélissa ?

Les clignements de paupières de la jeune reportrice, sa fossette ; tout se mit à papillonner pour répondre favorablement avant le « oui » enfin lâché.

– Je bois un verre avec les joueurs, je veux vivre ce moment avec eux. Je dois aussi discuter avec mes patrons. Je vous rejoins dans moins d'une heure. Attendez-moi devant un petit verre chez Olive !

– Avec plaisir, Pierre, je vous attendrai… toute la nuit s'il le faut ! rétorqua Mélissa, d'un sourire plein de malice.

L'homme sourit. Il tourna les talons.

Au bout d'une heure et deux *Martini* blanc au Café Étienne, Mélissa commençait à trouver le temps long. Elle discutait avec Olive quand il n'était pas pris par le service, repoussait les avances de quelques étudiants aussi ivres qu'en manque d'amour. Il y a avait bien ce jeune interne, Grégoire, qui tentait de la faire rire au bar.

Olivier lui parla de Perlon. Ses différentes femmes, ses choix difficiles, son éternelle anxiété. Il faillit se répandre même sur ses côtés borderline, avant de se rendre compte qu'il ne connaissait pas vraiment la jeune femme qu'il avait devant lui.

– Ce que je vous dis là n'est pas à mettre dans vos papiers ! se reprit-il.

Elle eut un sourire.

– Je crois que je n'en suis plus à ce stade lui répondit-elle.

Olivier dressa le portrait de son ami, un homme à la grande soif de liberté, qui n'avait jamais réussi en couple, trop souvent dehors, mais qui prenait soin de ses enfants. Il évoqua vaguement quelques moments difficiles de la carrière de Perlon, notamment en Allemagne. Olive l'avait beaucoup aidé à ce moment-là. Sans trop s'expliquer, il admit aussi que Perlon avait été là pour lui dans des moments compliqués.

Le temps s'écoulait. Le troisième *Martini* blanc donnait subitement chaud à Mélissa.

– Je ne pensais pas rencontrer une déesse sortie droit du dortoir des anges, lui lança Grégoire, le jeune garçon désigné d'office du groupe d'étudiants en médecine qui lui tournait autour depuis bientôt une heure et demie.

Une esquisse d'amusement frôla les lèvres de la reportrice. Mais le blues qui l'envahissait régulièrement ces derniers jours venait subitement de lui ôter ce joli sourire naturel, devenu un instant grimace figée dans le gel. Une énorme impression de vide, de solitude. Mélissa avait besoin de réconfort. D'une écoute, d'un bras fort.

Pierre Perlon était resté un long moment dans les vestiaires, pour communier avec ses joueurs ; puis le président Atché lui conseilla fortement de venir au repas d'après match. Les joueurs insistèrent également. Il prit un court moment pour envoyer un texto des plus laconiques à Mélissa, afin d'excuser son retard à venir. Il prit le soin de préciser qu'il l'appellerait à la fin du dîner. Un repas qui fut très collet monté, avec toutes les sommités de la ville. Les discussions tournèrent autour de la performance du jeune McKinney.

Perlon se demandait s'il était le seul à penser encore à Ademoah. Oui, il y avait bien une grande photo à l'effigie de l'attaquant placardée sur un mur de la salle de réception. Mais sa mort s'était déjà transformée en sujet tabou.

Perlon félicita Éliot Marin. Le jeune garçon s'était ouvert plus qu'à l'accoutumée ce soir, aidé par le champagne. Au bout d'un bon moment, Perlon demanda à Marin :

– Tu t'entends bien avec Nicolas de Saint-Élis ? Tu joues souvent avec lui quand tu es en réserve.

– Oui, *coach,* ça va.

Hésitant, le garçon reprit :

– Il a un peu tendance à avoir le boulard. Certains disent même qu'il n'est là que par piston. Mais ça, c'est pas mon problème.

– Il était pote avec Ademoah ?

– Non, je crois pas.

– Et tu sais depuis combien de temps il flirte avec Odile Atché ?

Le jeune homme se mit à sourire.

– C'est bidon ça *coach !* C'est pour la façade. Des histoires de famille. Vous savez, Nico, ben il est plutôt du style, euh…

– Euh quoi ?

– Ben homo quoi…

– Hein ? Perlon n'avait pu réprimer l'exclamation.

– Vous aimez pas les gays *coach ?*

– Arrête de déconner, je suis surpris, c'est tout.

Perlon s'interrogeait. Puis il demanda à Éliot :

– Tu crois que lui et Ademoah ?

– Oh là *coach,* c'est quoi cette question ! Vous abusez. C'est pas mes oignons !

À 1 h et demi du matin, Perlon ne put qu'entendre la messagerie de Mélissa. Il composa le numéro du Café Étienne.

– Olive ? C'est Pierre.

Le barman au bout du fil coupa court.

– Si tu cherches ta dulcinée, eh bien ce n'est plus la peine… Elle a reçu un texto vers 23 h qui apparemment l'a attristée mais surtout beaucoup plus assoiffée. Elle est passée du *Martini* au whisky… Je crois vraiment qu'elle a de gros soucis. Elle était très soucieuse, mais en même temps très légère dans ses propos. Elle a un peu abusé avec le scotch et elle vient de se faire ramener par un de mes jeunes clients. Un petit gars plutôt mignon…

– …

– Pierre ?

– Oui… Oui… bon, ben je passerai la semaine prochaine.

– O.K., et bravo pour ce nul arraché aux forceps ! termina Olivier.

Perlon avait déjà raccroché.

*****

À 10 h, ce dimanche matin, Mélissa se réveilla d'un coup, avec un terrible mal de tête et la gorge sèche. Elle se demandait où elle était. À côté d'elle un jeune homme. Ses yeux s'écarquillèrent. Elle se leva d'un bond, complètement nue, les cheveux sur les yeux. Elle chercha à rassembler ses affaires, éparpillées dans tout l'appartement, mélangées ici où là aux vêtements du garçon. Il se réveilla.

– Tu ne restes pas un peu ?

– Écoute, euh… Elle cherchait son prénom.

– Grégoire, reprit-il.

– Oui, Grégoire, excuse-moi,… je… je dois y aller.

– Ne t'excuse pas, je viens de comprendre ce que signifie l'expression septième ciel ! Je n'avais jamais pris un tel pied !

Elle leva les yeux au plafond, fit la moue. Terriblement honteuse.

– On se revoit ?

Mélissa était déjà rhabillée. Elle claqua la porte derrière elle.

Arrivée à sa voiture, elle prit sa tête entre ses mains. En regardant son visage reflété par la vitre, elle maugréa :

- Tu me dégoûtes Marchand !

*****

« *Welkom to Amsterdam ArenA !* ». Pierre Perlon et « Buddy » McKinney venaient d'arriver devant le monumental stade de la capitale batave. Une soucoupe volante restée plein phares, posée au milieu d'un champ de pivoines devenu mégalopole commerciale. Le temple du *« Voetbal »* comme on dit là-bas. Rien de prosaïque dans cette mosaïque lumineuse. 2000 lampadaires pour un édifice qui avait coûté plus de 200 millions de florins néerlandais. Bud s'était arrêté un instant. Pour une fois, ce n'était pas le stand de vente de bières à proximité, où les tireuses pompaient des fûts la célèbre néerlandaise Heineken, qui attirait le regard de l'Irlandais. La grandiloquence footballistique - machine à fric - incarnée par ce stade l'empêchait d'avancer, émerveillé comme un enfant. Les yeux aussi grands et ronds que des abricots, il scrutait, à n'en perdre une goutte.

Ce qui arracha un sourire à Perlon. Lui n'avait finalement plus dans le regard cette candeur des premières fois. L'entraîneur avait joué dans beaucoup de ces arènes. Il pensait être devenu indifférent.

Il avait fallu une petite demi-heure aux deux hommes, en taxi, pour relier l'enceinte sportive à l'aéroport Schiphol. Le Bordeaux – Amsterdam avait pris moins de deux heures.

Ce mercredi soir, le club local recevait le rival Eindhoven, un match déjà capital pour le titre. Perlon avait mûrement réfléchi à ce voyage. Dans un premier temps, il s'apprêtait à débarquer incognito avant de finalement opter pour la voie officielle : demander une invitation au club en prétextant un déplacement d'observateur. Une méthode courante pour les équipes désirant se renseigner sur certains joueurs ou d'éventuels futurs adversaires. Perlon espérait ainsi pouvoir approcher Christian Desendorf dans la traditionnelle soirée d'après-match proposée aux VIP. L'aborder dans un environnement mondain pour éviter une réaction de rejet trop brutale. L'Allemand était un cas social.

Bud s'était finalement remis de ses émotions, le nez collé au menu d'une baraque à frites et à houblons. Perlon vint le tirer par le bras.

– J'aimerais que tu ne boives pas ce soir Bud, c'est O.K. ? Et réajuste-moi cette cravate ! Le tatoué avait dû laisser ses boucles d'oreilles à la maison, et endosser chemise et veston.

Mine renfrognée, le grand frère de Joshua acquiesça.

– *Only one boss ?*

– Je te fais confiance, Bud. O.K., allez, paie-moi une bière.

Le sourire de Bud découvrit sa dentition façon créneau et merlon. L'Irlandais commanda deux pintes, évidemment. Les deux hommes trinquèrent avant de reprendre le chemin de leur tribune, la présidentielle. L'ultramoderne ArenA réservait 1 700 places sur les 51 000 à ses spectateurs privilégiés, en majorité les sponsors du club. De magnifiques loges, un toit rétractable capable de s'ouvrir ou de se fermer en une demi-heure, des tribunes colorées… Bud semblait émerveillé. Les clameurs remontant des travées, au moment de l'entrée sur le terrain de l'équipe d'Amsterdam pour l'échauffement, arrachèrent même quelques frissons à Perlon.

Bud était de nouveau dans sa bulle. Ses bulles.

– J'espère que mon *brother* jouera un jour ici ! dit-il.

– Il y jouera, il y jouera, ne t'inquiète pas Bud, reprit Perlon. Ton frère jouera dans les plus grands clubs du monde.

L'entraîneur avait déjà une paire de jumelles sur le nez. Il scrutait au loin, cherchant Desendorf. L'Allemand faisait partie des onze joueurs ayant une chasuble, il serait donc titulaire.

*****

À Bordeaux, ce mercredi soir, Mélissa orchestrait la fin de son déménagement. Après bientôt dix jours de repos, elle tournait en rond. Elle avait bien du mal à oublier son agression et aurait préféré pouvoir se plonger à fond dans son travail. Alors, pour s'occuper, elle avait décidé de déménager. Elle avait pris une grande décision. Impossible de continuer à vivre dans ce petit appartement, qu'elle avait pourtant adoré. Elle devait oublier cette intrusion dans son espace. Le gentil voisin, quelques collègues, tous avaient appelé ou étaient passés depuis le début de la semaine, pour prendre des nouvelles ou lui donner un petit coup de main. Les policiers Claroux et Boulanger, à leur retour d'Espagne, s'étaient montrés très présents. Boulanger, surtout. Il était même venu la veille, avec un bouquet de fleurs, proposer une sortie à la miss Marchand. Elle avait décliné, proposant tout de même une bière au policier. Elle promit d'être plus disponible un autre soir. Comme tous les jours, Mélissa eut aussi son père au téléphone. À peine raccroché, ce fut au tour d'un collègue de promo. « Les nouvelles vont vite, satané édito dans le journal ! » se dit-elle. Mais le but de l'appel du garçon n'était pas de s'apitoyer. Il faisait l'éloge du travail de la reportrice, arguait qu'il avait parlé d'elle à sa rédaction parisienne, et il lui proposait clairement de rejoindre son « grand » journal. Il lui parla de « carrière ». L'orgueil de Mélissa en fut flatté. « Je vais réfléchir » lui répondit-elle. Elle pensait qu'il était peut-être temps pour elle de changer d'air. Un argument qu'avait évoqué longuement son interlocuteur. Mais la jeune femme voulait d'abord finir son enquête à Bordeaux.

Elle se sentait triste et, pour la première fois, son optimisme chaleureux était trahi par un court terme maussade, sombre et hivernal. Comme tous les soirs qui avaient précédé, Mélissa s'était assise sur le sol, recroquevillée, la tête appuyée sur ses genoux. Elle s'alluma un joint. Puis deux. Elle resta ensuite prostrée front contre genoux pendant une bonne heure. Avant de sortir de son voyage dans le néant. Elle prit un bouquin et un autre joint. Mais même l'un de ses auteurs de polar favoris, Dennis Lehane, et son « Shutter Island », n'arrivait pas à la tirer de sa morosité. Cette soirée lui semblait encore plus noire que celle d'hier. Deux fois pire que celle d'avant-hier. Les images de son agression s'entrechoquaient dans sa tête. Elle venait de terminer son troisième pétard. « Pourquoi ? ». « Pourquoi moi ? » pensait-elle. Elle revoyait les images de cette si belle femme qu'était sa mère. Puis elle pensa aussi aux terribles dernières heures de sa mère. Ce triste destin qui l'avait touché. Mélissa se mit à pleurer, à crier « maman ! maman ! ». Elle suffoquait, elle avait chaud. Sur une des nombreuses feuilles de papier qui jonchaient le sol, elle se mit à écrire, presque cinquante fois, enfonçant toujours un peu plus la mine du crayon : « J'en ai marre, J'en ai marre, J'en ai marre !.. » Elle ouvrit en grand sa fenêtre, et fut saisie par le froid. Mélissa s'approcha doucement et vint s'asseoir sur le rebord de la fenêtre. Elle passa ses jambes par-dessus la corniche, les balançant désormais dans le vide.

*****

Dans les salons VIP du stade d'Amsterdam, après le match, Pierre et Bud avaient peiné pour s'approcher des joueurs. Un parterre considérable de sponsors occupait l'espace devant une scène où un groupe entonnait quelques airs de jazz. Les joueurs d'Amsterdam mangeaient un peu à l'écart, autour d'une table placée sur une estrade. Quelques balaises en costard étaient postés aux alentours.

À quelques mètres de la table, Perlon croisa le regard de Desendorf. L'Allemand se mit à le fixer. Il chuchota à l'oreille d'un costard. Ce dernier se plaça devant les deux marches menant à la table. Perlon comprit qu'il lui faudrait un autre moyen afin d'atteindre Desendorf. Il ne put s'empêcher d'exprimer un sourire narquois.

Il lança dans un parfait allemand :

– Tu as quelque chose à te reprocher Desendorf? Puis il poursuivit en anglais cette fois :

– Tu veux que je raconte quelques histoires te concernant à tes coéquipiers ?

Desendorf se leva et s'approcha de Perlon.

– Retrouve-moi dans une heure devant ce pub. Il tendit une carte à l'entraîneur bordelais.

*****

Le son strident des sirènes et les moteurs rugissants transpercèrent le ciel gris pluvieux de Bordeaux. La voiture de Claroux et Boulanger s'arrêta par un dérapage contrôlé.

– Et merde, et merde, et merde ! Boulanger ruminait.

La lumière des gyrophares s'éparpillait dans mille reflets.

Une grande dame en pleurs, dehors, s'approcha des policiers.

- Je viens juste de trouver son corps.

*****

– Qu'est ce que tu me veux tête de con ?

Ça s'annonçait bien. Fidèle à lui-même, le Teuton. Une belle bourrique ce Desendorf. Perlon ne répondit pas.

– Tu es venu avec ton dog ? continua-t-il en regardant Bud.

Il n'avait pas terminé sa phrase que Perlon avait mis son bras en travers, pour éviter à Bud de se jeter sur Desendorf. Il avait bien fait. L'aîné des Mc Kinney sortait ses crocs – un peu cariés – et voulait empoigner l'Allemand. Jeux de mains, jeux de vilain. Un truc de footeux. Sauf que pour le coup, Bud en tant que bon joueur de « gaélique » avait le geste plus prompt que la parole. Il porta un énorme coup de boule à la tête de Desendorf qui tomba net sur ses fesses, le nez éclaté. Une rigole rouge dégoulinante tranchait désormais avec la blancheur subite du visage du joueur.

Perlon eut un temps d'arrêt. Il se dit à ce moment que ce satané Bud comprenait parfois bien plus vite qu'il n'en avait l'air. Ou qu'il comprenait simplement ce qu'il avait envie de comprendre. Ou encore qu'il ne comprenait rien, mais qu'il tapait très fort. Un peu de tout, certainement.

– J'ai l'impression qu'on ne va pas avoir à parlementer longtemps, dit Perlon.

Sonné, Desendorf commença à grommeler.

– Tu vas payer ça très cher !

Comme un robot, Bud balança un grand coup de pied dans les côtes de Desendorf.

– *Shut-up !* Je crois surtout que tu vas la fermer ! cria Bud.

Perlon lança un regard noir à Bud, qui comprit tout de suite qu'il allait trop loin. Il garda le même regard noir en direction de Desendorf.

– Il va falloir que tu nous parles correctement lança l'entraîneur bordelais. Il se baissa pour murmurer à son oreille :

– Il va surtout falloir que tu me parles de ce que tu as fait à Ademoah.

– *Fuck you !*

Cette fois, le coach ne put s'en empêcher. Cela faisait trop longtemps qu'il attendait ce moment. Il décocha un énorme crochet à la mâchoire de Desendorf qui s'étala de tout son long, K.O.

– Merde ! dit aussitôt Perlon. J'y suis peut-être allé un peu fort.

Bud se mit à rire grassement.

Au coin de la rue, quelques badauds s'avancèrent. L'un sortit un téléphone portable, l'autre un appareil photo numérique. Les flashes illuminèrent la rue. Bud était passé du rire au drame. Il avait compris que ce n'était pas très bon pour Perlon. Sa course soudaine vers les passants avait quelque chose d'effrayant. Il ne mit pas longtemps à leur faire comprendre qu'ils devaient effacer leurs clichés, et qu'ils n'avaient pas toute leur vie pour s'exécuter. Et les paparazzi en herbe se raisonnèrent quand Bud, de force, arracha un appareil photo extra-plat, et le croqua à pleine dent. Un grand moment d'inquiétude s'empara de l'assistance devenue très vite moins dense.

De son côté, Perlon prit sa demi-bouteille d'eau et vida son contenu sur le visage de Desendorf. Ce dernier revenait doucement à lui.

– T'as compris que nous n'étions pas venus pour rien ? Qu'est-ce que tu as fait Desendorf ? Pourquoi tu l'as fait chier tout le match, ordure ! ? Hein ! ? Il t'avait fait quoi Ademoah ?

Desendorf venait de perdre son arrogance en même temps qu'une de ses dents. Il regardait ces deux hommes au-dessus de lui, visiblement décidés.

– Euh… pas ici. Venez dans ma piaule.

Les deux hommes l'aidèrent à se relever. Il était complètement groggy.

– Tu bouges, je te cogne, reprit Bud en franglais.

– C'est bon, c'est bon… dit l'Allemand. Une fois remis sur pied, Desendorf prit la direction de la partie la plus ancienne de la ville, ce fameux quartier qui fait d'Amsterdam cette Venise du Nord, à la grande richesse culturelle ; mais aussi l'un des endroits les plus prisés au monde pour le tourisme sexuel. Le quartier rouge. Un spectacle incroyable. Des ruelles où sont alignées des petites vitrines, surmontées et éclairées de néons ou lampadaires rouges, proposant chacune une créature – pas toujours des sirènes – prête à en découdre avec la libido du visiteur. Rideau fermé : bocal occupé. Rideau ouvert, laissant apercevoir parfois quelques outils d'experts : au touriste de tenter d'ouvrir la porte et de négocier son prix. Et d'y virer sa cuti.

Les yeux de Bud ne pouvaient s'empêcher de scruter chacune de ces vitrines. Perlon n'était pas non plus insensible à certains produits ainsi exposés. Les petits malins voulant prendre quelques photos se faisaient rapidement rabrouer. Entre pubs, bordels et sex-shops, la faune aurait pu être des plus sombres. Au lieu de ça, familles, touristes japonais et visiteurs de tous bords arpentaient le bitume.

Police aussi. Les deux hommes durent plaquer Desendorf en le muselant le long d'un mur.

Passé cette zone d'attraction, le trio s'enfonça dans une petite impasse débouchant sur un vaste cul-de-sac. Là, une grande porte blanche d'un hôtel cinq étoiles, la résidence principale de Desendorf.

Le groom de service s'inquiéta des quelques gouttes de sang et de l'œil amoché du joueur allemand, mais le « c'est rien, dégage » de Desendorf fit vite tourner les talons de l'employé.

Une fois chez lui, au troisième étage, dans une suite grand luxe, le défenseur se servit une bonne dose de whisky, sans en proposer. Bud ne se gêna pas pour se servir à son tour.

– Je crois que ce que je vais te dire ne va pas te plaire mon cher Perlon. T'es toujours un aussi grand naïf.

– Ne me prends pas pour un con, reprit l'entraîneur.

Déjà, Bud avait saisi la bouteille du 12 ans d'âge par le goulot pour la retourner comme une matraque.

– Il est complètement allumé ton type, lâcha Desendorf.

– Oui, et je suis sûr qu'il est capable de faire du grabuge, rétorqua Perlon.

– Allez, c'est le moment de passer à table poursuivit-il.

Buddy venait d'allumer la télé. Et de monter le son. Le tout sans lâcher la bouteille de whisky.

– Deux semaines avant le match, j'ai été contacté par quelqu'un de l'entourage de ton club. Le *deal* était simple.

Je rossais d'une manière ou d'une autre ton attaquant pour lui faire peur, et je lui glissais un message. Je recevais alors un bon tas de pognon. Tu te rends compte, 50 000 euros pour lui labourer un peu les tibias, 25 000 avant, 25 000 après... Ceux-là, je ne les ai pas vus d'ailleurs...

Honnêtement, je ne pensais pas qu'on en arriverait là... Qu'est-ce que j'y peux moi si ton mec était pourri de l'intérieur ?

– Toi c'est le bulbe qui a pourri... Qui t'a appelé ?

– Écoute, la transaction s'est déroulée de manière à ce que je ne puisse pas le savoir. Il m'a donné assez d'éléments sur le club pour que je lui fasse confiance. Le mec m'a juste conduit à une combine. J'étais sceptique, mais il m'a clairement expliqué. Et ça s'est bien passé. On s'est connecté sur Internet, sur un site de poker en ligne. On s'est inscrit. Enfin moi, parce que lui l'était déjà, apparemment. Ensuite, il a fallu quand même que je débite mon compte de 500 dollars pour avoir du cash. Là j'ai un peu tiqué. Mais je me suis laissé aller. Il a misé 500 dollars, moi aussi, et il a perdu volontairement...

Desendorf demanda à boire.

Bud commença à saisir deux des doigts de l'Allemand. Prêts à les tordre. Perlon lui fit signe de le lâcher.

– Laisse-le continuer !

– D'autres personnes, ou lui d'ailleurs, se sont connectés avec des pseudos différents. Et ils ont eux aussi perdu volontairement. Et on a rejoué sur ces mêmes tables en face à face et ces mecs ont perdu le nombre de fois qu'il a fallu pour que je puisse avoir mon blé. Sur des tables à 500 dollars la mise, mais aussi en *cash-game* à 20 $ la blinde, ça chiffre vite. Il ne nous a pas fallu plus de 4 heures. J'ai demandé des retraits, ça a pris 10 jours, quatre jours avant le match, pour que le compte soit crédité, en plusieurs fois. J'ai bien failli ne rien récupérer, le site en question m'a demandé une tonne de justificatifs. Mais au final, j'ai récupéré 24953 euros exactement. J'ai rappelé au service clientèle que le site s'était aussi un peu sucré en prenant à chaque partie une petite commission, dans les 5 %. Et après, j'ai fait ce que l'on m'avait demandé. J'ai mené la vie dure à ton gonze. Mais je n'ai jamais eu l'envie de le tuer.

Y avait plusieurs pseudos, plusieurs comptes je pense, c'est tout ce que je peux te donner.

Le portable de Perlon se mit à sonner. Numéro anonyme. Il ne répondit pas et continua à cuisiner Desendorf. Ce dernier finit par lui donner le nom du site de poker, et les différents pseudos.

Il jura que si Perlon le balançait aux flics, il le tuerait. Bud lui porta un énorme coup de genou dans les parties.

– Méfie-toi que ce ne soit pas nous qui te balancions dans le port d'Amsterdam, il paraît qu'il y a beaucoup de marins qui y meurent.

Les trois hommes se quittèrent sur des sourires forcés. Bud emporta la bouteille.

*****

Le bip du portable rappela à Perlon que quelqu'un avait essayé de le joindre. Et qu'il avait un message.

- M. Perlon, commissaire Julienne Lorat. J'ai une très mauvaise nouvelle à vous annoncer. Appelez-moi dès que possible, même tard ce soir. Je suis de garde.

Le cœur du coach se mit à battre très fort. Une immense détresse venait de l'envahir. Il ne savait pas trop pourquoi.

Il numérota.

– Julienne Lorat, j'écoute.

– C'est... c'est Pierre Perlon.

– Ah... M. Perlon. Ce soir nous avons retrouvé le corps de Jean-Louis Etchegarray, pendu à son domicile bordelais.

*****

– Mélissa Marchand !

Le rédacteur en chef avait le ton des mauvais jours. Il hélait depuis l'entrée de son bureau, le « bocal » ou autrement appelé « l'aquarium », pour la propension du red-chef à devenir écarlate comme un poisson rouge.

– Lisez-moi ça ! dit-il en avançant vers la journaliste.

Dans ses mains, une dépêche de l'Agence française de presse.

Mélissa s'en saisit, fixant son *boss* en fronçant les sourcils.

– *Les polices françaises et espagnoles ont lancé un coup de filet sans précédent dans les milieux organisés du dopage sportif, notamment celui du football, mais aussi du cyclisme, du rugby et de l'athlétisme, neutralisant en France et en Espagne un réseau dont les ramifications pourraient conduire dans les semaines à venir à l'arrestation de plus de deux cents personnes à travers sept pays, dont six nations européennes.*

« Une trentaine de perquisitions a eu lieu dans la nuit de mardi à mercredi dans une douzaine de villes, dont Madrid, Bilbao, Biarritz, Barcelone et Bordeaux » a déclaré à l'AFP un policier français proche du dossier.

Pour l'heure, vingt-cinq personnes ont été arrêtées, dont l'un des présumés chefs de la filière, Gonzalo Ernano Flaguero, plus connu sous le surnom de Bill Clinton. Un sobriquet attribué à cet ancien joueur international cubain, naturalisé Espagnol dans les années 80, pour « son amour des Havanes et sa passion pour les belles femmes » selon cette même source.

Les policiers ont saisi plusieurs milliers de doses d'érythropoïétine (EPO), des centaines de kilos de pilules bleues, connues sous le nom d'Oral-Turinabol ou des dizaines de poches de sang, utilisées par les athlètes dans un système de ré-oxygénation du sang a constaté sur place un journaliste de l'AFP.

Selon un article paru dans le journal Aquitaine Éclair, *signé de la reporter Mélissa Marchand, la prise d'Oral Turinabol par l'attaquant Nigérian Michaël Ademoah, combiné à des problèmes de santé du joueur décédé après avoir été gravement blessé durant un match, pourrait être la cause de sa mort. Ce qui lierait étroitement les deux affaires. La mort d'Ademoah serait même le point de départ du coup de filet.* »

– Pourquoi on n'a pas une ligne sur ça ce matin !? postillonna le supérieur hiérarchique.

– Vous devriez être content. La dépêche nous cite, ça va plaire aux patrons ! On va être repris dans beaucoup de médias.

– Je ne vais pas me satisfaire de ça Marchand. Jusque-là, vous avez fait du bon boulot. Et je sais que vous avez payé de votre personne. Mais ce coup de filet, c'est du lourd. Ça va aller loin cette affaire et il faut que nous soyons dans le bon wagon, pas à la ramasse. On ne va pas se contenter de balancer cette dépêche comme des benêts, demain matin. Il faut autre chose pour alimenter le *Net* toute la journée !

Mélissa ne répondait pas.

– Hé bé ? reprit le rédacteur en chef, avec son accent du Lot-et-Garonne.

– Vous-vous rendez compte patron ?

– Quoi ?

– C'est la première fois depuis que je travaille avec vous que vous me dîtes que j'ai fait du bon boulot…

Il plaça ses mains sur les hanches. Il regarda la pendule perchée sur le mur derrière sa jeune reportrice.

– À 18 h, je veux un topo sur ce que vous allez m'écrire demain. Et on prépare une grosse *news* pour notre édition numérique du soir. Et n'oubliez pas que l'on boucle l'édition du Pays basque, dont les lecteurs seront intéressés, à 22 heures.

Mélissa relut la dépêche AFP. Elle prit son blouson et s'habilla pour aller jusqu'à la maison de la presse située dans la grande rue commerciale Sainte-Catherine, proche du journal. Elle y acheta *Marca, El Mundo, El Pais.*

De retour à la rédaction, en passant par la machine à café, elle alla voir un de ses confrères aux racines espagnoles, habitué des faits-divers frontaliers, pour qu'il lui donne quelques contacts. Un coup de fil à l'agence de Bayonne, aussi, pour mobiliser les pensées et les énergies.

Puis Mélissa se décida à appeler la police. Mais pas n'importe quel flic.

– Allô ?

– Pourrais-je parler à l'inspecteur Stéphane Boulanger s'il vous plaît ?

– De la part de qui ? répondit la standardiste.

– Mélissa Marchand. Elle attendit quelques secondes.

– Mélisssssaaaaa !! Est-ce que vous allez mieux ? En quoi puis-je vous être utile ? Vous avez décidé de tout nous dire, de nous révéler le nom de toutes vos sources ?

Boulanger était d'humeur badine.

– J'ai bien réfléchi, je suis partante pour un petit dîner.

– Humm. Je vois. Qu'est-ce que vous avez à me demander ?

– Comme vous y allez…

– Nous ne sommes pas tous bêtas dans la police vous savez.

– Écoutez, je viens de recevoir une dépêche sur le coup de filet, dans l'affaire Erila. Enfin, l'affaire Clinton. Je suis d'ailleurs étonnée que le nom d'Erila n'ait pas transparu.

– Normal, répondit-il laconiquement.

– Pourquoi ?

– Qu'est-ce que vous voulez au juste ? reprit l'inspecteur, sur un ton moins aimable.

– Toujours dîner avec vous.

– Écoutez Mélissa, c'est donnant-donnant. Si vous écrivez quelque chose, je vous demande de ne pas citer Erila. Parce que c'est lui que l'on a suivi, que l'on a serré, et qui joue désormais les balances. Et on a encore besoin de ses services.

– O.K., mais dites-m'en plus sur ceux qui ont été arrêtés, surtout en France et sur d'éventuels footballeurs impliqués dans le réseau. Vous pourriez juste m'avoir une copie d'un doc officiel, mentionnant ces quelques noms ?

– Tsss... Bon, je vais voir ce que je peux faire pour vos beaux yeux.

– Et pour mon cul !

– Pardon ? s'étouffa presque Boulanger.

– Vous voilà vite décontenancé inspecteur.

– Pas très classe, je suis un peu surpris.

– Les hommes que je croise en ce moment ne le sont pas trop, classe. Peut-être ferez-vous la différence. On dîne ensemble demain ?

– O.K.

– Au fait inspecteur, rien de neuf sur l'homme qui m'a agressée ?

– Non, pas grand-chose. On a juste trouvé l'origine des traces laissées par ses chaussures. Ça peut-être une piste, c'est le cas de le dire.

– Et ?

– Il s'agit de sédiments composés pour la plupart de morceaux de coquilles d'huîtres, de terre sablonneuse et de sel.

– Hein ? Cette annonce heurta de plein fouet la mémoire visuelle de Mélissa.

– Visiblement quelqu'un qui habite ou se promène en bord de mer, et qui vit ou passe pas loin des parcs à huîtres...

– J'ai une drôle d'intuition, Stéphane.

– Vous m'intéressez.

– Je sais, s'amusa la journaliste.

– Soyez sérieuse. Quelle est cette intuition ?

– Je pense à quelqu'un, mais je dois vérifier quelque chose avant. Je vous rappelle.

– Non, Mélissa, attendez ! Allô ? Allô ?

Elle avait déjà raccroché.

*****

Le retour des Pays-Bas, si aérien soit-il, fut bien long pour Perlon. La nuit pourtant courte à l'aéroport d'Amsterdam, il n'avait pu fermer l'œil dans l'Airbus qui les avait fait décoller à 6 h 20. Buddy Mac Kinney avait ronflé ses litres de bières et son whisky de la plus belle des manières. Perlon se demandait ce qui avait bien pu arriver à Etchegarray.

Un peu plus tard, déposé chez lui par Mac Kinney, à qui il avait prêté une de ses voitures, il s'était directement attablé devant son chocolat chaud, en ce jeudi matin d'un février monotone et glacial. Perlon ressassait sans cesse. « Pourquoi ? ». « Qui a bien pu contacter cette brute de Desendorf? ».

En regardant les petits flocons dégringoler du ciel et enguirlander les thuyas du jardin de sa grande résidence, l'entraîneur, les yeux collés par la fatigue d'une très courte nuit, tentait de puiser dans sa mémoire. À l'aéroport d'Amsterdam, lors de la longue conversation qu'il avait eue avec la commissaire Lorat, il avait raconté en détail l'épisode Desendorf et les transferts d'argent via les sites de jeu. Après s'être clairement fait remonter les bretelles d'avoir agi sans avertir ses services – « comme à Biarritz » lui avait-elle lancé, ce qui eu le don d'énerver Perlon -« j'ai horreur d'être surveillé ! » -, Julienne Lorat l'avait remercié de ses précieuses informations. Elle mettrait le service de l'O.C.L.C.T.I.C.(2) sur cette piste. La femme flic lui avait alors demandé sincèrement de ne plus opérer seul.

– Ne vous croyez pas plus fort que vous ne l'êtes !

Elle expliqua en quelques mots :

– Nous vous avons suivi, oui, à Biarritz. Mais c'est surtout le sieur Erila que nous avons pisté, ensuite. Et je peux vous dire que nous sommes tombés sur un réseau d'importance. Le parquet de Bordeaux a lancé une information judiciaire. Tout ça, c'est grâce à vous. Mais attention Perlon, ces gens dépassent l'envergure du petit loubard de quartier.

Ce à quoi Perlon n'avait rien répondu. Il avait juste pensé : c'est grâce à Mélissa surtout, que vous avez trouvé Erila.

2- Office Central de Lutte contre la Criminalité liée aux Technologies de l'Information et de la Communication

Comme pour mieux conclure, Julienne Lorat lui affirma :

– Vous auriez fait un très bon policier !

Perlon s'extirpa d'un coup de ses pensées au moment où il commençait à s'imaginer habillé en uniforme. Il n'avait même pas touché à ses biscottes. Il n'avait même pas ouvert le canard du jour. Mais une petite lumière s'était allumée dans le coin de son cerveau.

Jeudi, ça rime avec Jari. Et ça, Pierre faillit l'oublier, comme les deux semaines précédentes. Tous les jeudis matins, vers 9 h 30 en France, 8 h 30 en Finlande, il avait un petit rendez-vous *webcam* avec le fiston, avant que celui-ci ne parte à l'école. Il prit du plaisir à raconter, comme d'habitude, les petits potins de son équipe, qui il allait faire jouer le week-end, quelle composition tactique. Le *deal* entre le père et le fils était que la conversation se fasse en français. Le garçon faisait ainsi des efforts. Il expliqua qu'il travaillait bien.

– Dis à ton père que tu as eu des bonnes notes en histoire, entendit Perlon, reconnaissant la voix de Kirstin.

– *Daddy*, je veux devenir pro tu sais !

– O.k., O.K., mais continue à travailler, on ne sait jamais ! termina le père.

La mère prit la parole mais Perlon ne lui laissa pas le temps et lui expliqua en anglais : - La pension, oui, je sais ! Il m'est arrivé quelques bricoles ces derniers temps. Tu auras le virement très vite.

Le *coach* partit sous la douche, enclenchant un CD de James Blunt. Il adorait les chansons de cet ancien capitaine de l'armée britannique.

Le téléphone fixe sonna. Ce n'est qu'au moment de partir que Perlon aperçut le clignotant annonçant le message.

« *Pierre, c'est Francine. Je suis si triste. Je dois te voir rapidement.* »

*****

Mélissa avait tenté d'appeler déjà une dizaine de fois sur le portable de Léa Serce. Quatre sonneries, puis messagerie. Entre-temps, Pierre Perlon s'était manifesté. Elle se dit tout bas : « il m'a bien fait attendre celui-là, à son tour ! »

À la onzième tentative vers le mobile du mannequin, une voix féminine répondit.

– Oui ?

– Léa ?

– Non, Léa est très fatiguée, elle est malade et se repose en ce moment. Je suis une de ses amies. Qui la demande ?

– Mélissa Marchand, journaliste pour *Aquitaine Éclair*. On s'est rencontrées récemment et je voulais prendre de ses nouvelles. Savoir si elle arrivait à surmonter la mort de Michaël Ademoah.

– Oh, c'est gentil de votre part. Vous savez, je connais votre nom ! J'ai lu tout ce que vous avez écrit depuis sa mort et je trouve que vous avez un sacré style. C'est rudement bien mené.

– Merci. Il serait possible de parler à Léa vers quelle heure ?

– Pour aujourd'hui ça ne sera pas évident vous savez. Le médecin est venu, il lui a prescrit des antidépresseurs. Elle est tombée comme une masse.

– C'est si grave que ça ?

– Non, non, mais vous savez, elle a eu beaucoup de soucis ces derniers temps. Au niveau boulot, ce n'est pas ça non plus, mauvaise période, alors elle craque un peu, rien de plus normal, reprit la jeune femme.

– Veuillez m'excuser mais votre prénom, c'est ?

– Clara.

– Je… Je voulais juste avoir quelques mots d'elle en fait. Léa m'avait un peu parlé. La police me presse de donner mes sources, ce que je ne ferai pas. Mais ils peuvent aussi tomber comme moi sur les photos liant Léa à Ademoah. Ils ont des doutes. Je voulais la mettre en garde.

Mélissa regrettait d'avoir appelé. Avec un peu de recul, elle se dit que son association entre les traces d'huîtres et la camionnette aux inscriptions « *Entreprise Serce, les ostréiculteurs du Bassin d'Arcachon à votre délice* », était peut-être un peu hâtive. Ce qui lui avait sauté aux yeux lui sembla d'un coup plus douteux.

– Je m'excuse de vous avoir dérangée, Clara.

– Il n'y a aucun problème. Je serai même heureuse de pouvoir vous en dire un peu plus sur les relations entre Léa et Michaël ; passez, n'hésitez pas. J'aimerais aussi que les choses soient claires. Parce qu'il n'était pas facile, plutôt violent et qu'un soir il l'a vraiment bien tabassée !

Elle continua, en chuchotant.

– Un salaud ce type !

– Oui, elle m'a dit tout ça, reprit Mélissa.

– Je pense qu'elle ne vous en a pas dit le quart… lança Clara d'un ton solennel.

– Si vous avez le temps, venez en fin d'après-midi. Je serai au port ostréicole de l'Herbe, sur une vedette en bois qui s'appelle *Joséphine de Beauharnais*. J'y amène Léa pour qu'elle prenne un peu l'air. Je sais, ça paraît incongru avec cette neige, mais si vous pouviez contempler le Bassin avec cette météo. C'est magique. Le bateau est amarré à un petit ponton en bois. Prenez des vêtements chauds. J'ai du très bon thé ! Faites comme vous voulez, de toute façon, je ne bouge pas de la journée, Léa pourra se reposer dans la cabine. Et ne vous inquiétez pas, il y fait très bon, on a un poêle à bois à bord !

– Pourquoi pas, répliqua Mélissa.

Les deux femmes avaient raccroché. La jeune journaliste était pensive. Un tas de questions qui restaient sans réponse se trimbalaient dans le labyrinthe de son cortex. Elle se demandait ce qu'elle pourrait bien apprendre de plus sur la relation Michaël Ademoah – Léa Serce. Quel lien pourrait-il y avoir, s'il y en avait un, entre son agresseur et Léa Serce ?

*****

La voiture de Pierre Perlon souffrait du temps pour avaler les quelques kilomètres séparant le domicile de l'entraîneur de celui de Jean-Louis, situé dans la commune d'Eysines, en banlieue de Bordeaux. La route glissante et un chauffeur pensif avaient altéré le potentiel de vitesse.

Une grande femme au teint blafard, visiblement la soixantaine, les yeux cernés par un maquillage coulé, vêtue de noir, vint lui ouvrir la porte. Elle fit entrer l'entraîneur dans une grande maison bourgeoise. L'intérieur était vaste, mais surchargé de bibelots et de tableaux, pour une déco globalement très rococo.

Pierre Perlon prit place sur un sofa en cuir, et accepta la tasse de café.

Francine Etchegarray prit une lettre dans une petite boîte posée sur le haut de la cheminée.

– Jean-Louis a laissé une lettre. Mais je n'en ai pas parlé à la police. Il m'avait inquiété avant-hier en me disant sur un ton grave « s'il m'arrivait quelque chose, tu donneras ça à Pierre Perlon, et à lui seul ». Depuis la mort de notre fils, il n'était plus le même. Nous nous parlions très peu. Il arrivait encore à faire face à l'extérieur, mais à la maison, c'était devenu un fantôme ; toujours parti à la pêche, la chasse ou n'importe quelle chose qui pouvait le faire fuir. Le football, ça l'aidait à tenir. Mais je crois que le décès de l'attaquant l'a touché au plus haut point. Comme ce qu'il a pu lire dans les journaux ensuite. Le dossier d'*Aquitaine Éclair* de la semaine passée l'a déstabilisé encore un peu plus. Je n'ai rien pu faire, rien pu dire.

Pierre décacheta l'enveloppe. Patiemment et empli d'une grande émotion.

Mon très cher Pierre,

Tout d'abord, je tenais à t'écrire que, même si je n'ai jamais vraiment pu te le dire en face, j'ai admiré ta carrière de joueur comme j'admirais ta nouvelle carrière d'entraîneur. Surtout, j'ai toujours apprécié l'homme juste que tu es et resteras toujours, j'espère.

Pour ma part, je n'arrivais plus à me regarder dans la glace. Ce que je vais te confier derrière ces lignes est grave. Je sais que tu en feras bon usage. Pour moi, la vie n'était déjà plus très agréable depuis des années. La perte de mon fils a consumé en moi le goût de l'existence. Cette affaire Ademoah le goût de la poursuivre.

Au début du mois de novembre dernier, mes tests sur Michaël ont confirmé les problèmes sanguins. Le garçon était séropositif. Pour détecter la présence du HIV, il faut à peu près trois mois. Bientôt 24 heures selon certains chercheurs, j'espère qu'ils y arriveront vite. Ce virus est un fléau pour l'humanité et le délai de latence quant à sa détection n'aide pas à son éradication. Les recherches avancent, mais sont encore très très loin du but.

Bref, notre premier examen effectué en juin à sa signature n'avait rien démontré. Donc, il a été infecté entre avril et septembre.

Je regrette de ne rien t'avoir divulgué. Ce jour-là, j'ai parlé à Jean-François. Il est entré dans une colère terrible, une rage que je n'avais encore jamais vue chez lui, toujours si calme et débonnaire. Je le connais pourtant depuis très longtemps. J'ai compris pourquoi. Sa fille Odile entretenait une relation avec Ademoah.

Michaël a été convoqué, à ton insu. Atché ne pouvait tolérer ça. Je lui ai expliqué que des protections existaient, il n'a pas voulu m'entendre. Quant à Ademoah, il s'est montré infect durant l'entretien. Il a même menacé physiquement le président. Il n'en fallait pas plus.

C'est alors qu'en coulisse s'est préparée une mise en scène macabre. Je n'aurais jamais dû entrer dans ce jeu machiavélique. Gravet a contacté Desendorf, qu'il connaissait de je ne sais où. Peut-être Gomes. Je n'en suis pas sûr. Il lui a demandé de faire comprendre à Ademoah, en le touchant de manière physique, qu'il devait arrêter de voir la fille du président. Malheureusement, Desendorf y est allé trop fort. Et il est arrivé cet accident. En est-il vraiment un ?

Atché et Gravet m'ont demandé de cacher la vérité, de falsifier quelques documents médicaux. Ce que j'ai fait Pierre, et je le regrette. Ce n'était pas possible.

Pour les pilules bleues, je te jure que je ne savais pas.

Le pire pour moi a été de les entendre se répandre sur la perte de la valeur marchande d'Ademoah, à cause de sa contamination ; de savoir comment ils allaient s'organiser pour ne pas perdre les douze millions d'euros engagés sur le joueur. Ils ont évoqué des assurances…

Ils ont perdu ma considération. Et moi j'ai perdu définitivement l'honneur et la foi.

Je te souhaite du bonheur toute ta vie, tu le mérites, Pierre. Ne prends pas ma disparition comme une souffrance. Pour moi c'est une délivrance.

Fais bon usage de ce courrier.

Jean-Louis

Pierre Perlon s'arrêta un instant. Les yeux embrumés, la mâchoire serrée. Un livre s'était ouvert devant lui, l'histoire d'une machination, d'un complot, désastre conduisant Ademoah jusqu'à la mort. Une multiplication de dommages collatéraux.

La route du centre d'entraînement, Perlon la trouva longue, très longue. Une première fois, il avait composé le numéro de Julienne Lorat, sans finalement le valider. Il avait aussi composé le numéro de Mélissa, sans laisser de message.

Il se demandait s'il devait aller voir Atché, lui briser le nez.

La séance du jour était fixée à 11 heures. Elle serait suivie d'une conférence de presse, avant le match du week-end, prévu à Monaco.

En arrivant au centre, recouvert d'un fin manteau blanc, Perlon fit un détour par les bureaux du club. La secrétaire lui répondit par la négative lorsqu'il lui demanda si le président Atché passerait dans la journée. Elle lui affirma en revanche que Simon Gravet devait être dans les locaux, avec quelques partenaires venus visiter les installations.

Perlon fit trois photocopies de la lettre posthume d'Etchegarray qu'il glissa dans des enveloppes. Il s'enferma dans son bureau, en contemplant ses joueurs qui venaient de débuter la séance, emmitouflés jusqu'aux oreilles. Il avait, de loin, fait signe à son adjoint.

Pelon se mit à écrire une longue lettre. Au milieu de sa prose, quelqu'un vint frapper à sa porte.

– Entrez !

Le grand et sec Simon Gravet apparu dans l'encadrement de la porte, comme une tartine sortie du grille-pain.

– Vous me cherchiez Pierre ?

La réponse de Perlon tardait. Son regard noir faisait désormais comprendre à Gravet que la conversation à suivre s'annonçait houleuse.

– Moi aussi je suis très triste pour Jean-Louis, lança Gravet.

– Je crois, monsieur Gravet, que Jean-Louis Etchegarray était bien plus triste que vous.

Pierre, sans se lever, tendit la main en direction de Gravet, une enveloppe entre deux doigts.

– Tenez !

Le directeur du club s'approcha. Il prit le pli et le déplia. Sa lecture fut grave, son murmure presque inaudible.

– Je… je… qu'est-ce-que…

– Je crois que tout est dit, Simon. Jean-Louis nous a laissé un petit souvenir. Vous êtes complice d'un homicide involontaire et responsable d'un suicide. Assez pour passer un bon moment en prison, et assez, si vous êtes humain, pour souffrir toute votre vie de ces horreurs.

– Vous êtes fou Perlon. Etchegarray, si c'est bien lui qui a écrit ces lignes, a complètement déraillé. On savait bien qu'il allait très mal. Mais à ce point. Vous n'allez pas croire ça Pierre ? Vous nous croyez capables de faire une chose pareille ?

Perlon ne dit rien. Il baissa les yeux sur son ordinateur et reprit son texte. Gravet était au milieu de la pièce, désemparé.

– Pierre… Pierre… Qu'allez-vous faire ?

– Qu'est-ce que je devrais faire selon vous ? Me mettre à table ? Tout balancer aux flics ? Ça pourrait vous coûter cher. Mais ne vous inquiétez pas, Monsieur Gravet, dites bien à votre ami Atché que je ne suis pas une balance. Ce que je vais faire par contre, c'est vous remettre ma démission.

– Vous… On peut vous… vous faire profiter d'une prime exceptionnelle, Pierre.

Perlon se leva d'un trait :

– Dégagez d'ici avant que je ne vous sorte à coups de pieds de mon bureau !

La séance de ce jeudi, Perlon ne fit que la survoler. Il rumina dans son bureau. Tenta une nouvelle fois de joindre Mélissa. Il attendit 13 h 15 pour aller en salle de presse. Les journalistes présents, une bonne vingtaine, lui donnèrent quelques tapes et bonjours amicaux. Il décomposait ses gestes, observait tout l'environnement. Comme pour une dernière fois.

La première question fusa :

– À quel genre de match vous attendez-vous à Monaco, M. Perlon ?

– Je ne le saurai pas car je n'irai pas.

Les journalistes si prolixes à leur habitude avalèrent leur salive tous en cœur. Puis le flot de questions se déchaîna, jusqu'à ce que Perlon annonce :

– J'ai remis ce matin avant même de venir vous parler ma démission au directeur général du club. La mort de Michaël Ademoah m'a beaucoup touchée. J'ai besoin de prendre du recul avec le football. En accord avec mes dirigeants, j'ai décidé aujourd'hui de stopper ma collaboration avec le club de Bordeaux.

Les coups de fil se multiplièrent vers les rédactions.

D'un bond, dans le brouhaha, Pierre se leva. Le directeur de la communication, Capdeville, encore tout abasourdi, et visiblement vexé de ne pas avoir été prévenu, se fit bousculer par les reporters. Dans un coin de la salle, un journaliste radio avait déjà demandé le direct. Perlon eut du mal à se frayer un chemin vers la porte et dut écarter avec force un photographe qui s'était mis en travers. Il pressa le pas jusqu'à sa voiture. Il regrettait déjà presque d'avoir fait cette déclaration. Aidé par les hommes de la sécurité du centre, il put se défaire de la meute et monter à bord de son véhicule. Il démarra en trombe.

*****

Dans son Austin mini, sur la route du Cap Ferret, Mélissa Marchand n'en revenait pas. Elle crut à un canular. Mais le journaliste radio, en direct, venait bien d'annoncer la démission de Pierre Perlon.

Elle arrêta sa voiture sur le bas-côté. Immédiatement, elle composa le numéro de l'entraîneur.

– Il aura fallu ça pour que vous me rappeliez ! lui dit Perlon en guise de bonjour.

– Mais Pierre, qu'est-ce qui vous arrive ?

– Un ras-le-bol, c'est tout. J'ai besoin de vacances.

– On peut se voir ce soir, à mon retour ? osa Mélissa.

– Où êtes-vous ?

– Vous savez, l'homme qui m'a agressée : eh bien on a retrouvé des traces de coquilles d'huîtres et de terre sablonneuse provenant de ses souliers. Je crois que la famille de Léa Serce est dans l'ostréiculture… Alors je me suis dit… Mais bon, il se peut que j'extrapole.

– Et vous y allez seule, une nouvelle fois ? Vous êtes complètement inconsciente !

– Je veux en avoir le cœur net. J'ai rendez-vous avec une amie de Léa, qui veut m'en dire plus.

– Où ?

– À l'Herbe. Mais pas d'inquiétude. À ce soir, et préparez-vous à tout me raconter. Et cette fois, ne me posez pas un lapin !

Mélissa raccrocha.

Perlon composa le numéro de Julienne Lorat.

– Commissaire, je crois que Mélissa Marchand est partie pour se mettre une nouvelle fois dans de beaux draps.

– Mes deux enquêteurs ont senti ça. Ils l'ont à l'œil, normalement.

– Au fait, reprit la commissaire. Notre service informatique s'est mis au travail ce matin. Mais ces sites de jeux en ligne sont domiciliés à Trinité et Tobago… Ça ne va pas être facile…

– La programmation informatique dépasse mes compétences commissaire. Là je ne peux pas vous aider.

*****

Arrivée dans le magnifique village de L'Herbe, typique et authentique, aux cabanes en bois tantôt colorées, tantôt délabrées, Mélissa s'enfonça dans le petit dédale de ruelles pour arriver enfin jusqu'à un ponton en bois, dans un cul-de-sac.

Là, une grande femme élégante, large sourire, yeux pétillants, cheveux longs couleur tabac dépassant d'une toque en fourrure, attendait la jeune reportrice. La même femme que Mélissa avait vu accompagner Léa lors des obsèques d'Ademoah.

– Venez, Léa est dans la cabine, elle dort. On va pouvoir discuter. Je vous offre un thé ?

L'ambiance du bord était plutôt chaleureuse. Une théière en fonte, au feu d'un poêle à bois, laissait s'échapper une fumée agréable.

Clara fit asseoir Mélissa dans le carré, jolie structure en bois laqué. Quelques revues maritimes, une maquette de voilier en bois, des bibelots en étain prenaient place sur les étagères. Sur le bord de l'évier, quelques coquilles d'huîtres.

Après avoir échangé des banalités, Clara prit un ton plus grave, approchant son discours du chuchotement.

– Comme je vous l'ai dit tout à l'heure au téléphone, un soir, Ademoah l'a vraiment tabassée. Ce devait être fin août, début septembre. La pauvre, elle était défigurée. Ce n'était pas la première fois, mais là, il est allé très loin. En fait, elle était tombée amoureuse très vite et ce fumier se foutait bien de ses sentiments. Léa, c'est une fille sublime, adorable, généreuse, mais qui ne se méfie de personne. Il a été gentil avec elle pendant un peu plus d'un mois, puis il a commencé à devenir exécrable. Sûrement encore plein de cocaïne ou de je-ne-sais-quoi dans le nez, il l'a obligée à coucher avec l'un de ses copains venu lui rendre visite. Un joueur de Lyon je crois. Ils ont tout filmé. Il l'a humiliée, plusieurs fois, jusqu'à la frapper. Jusqu'à la violer. Elle avait d'énormes marques. Elle a ruminé ça plusieurs jours, elle voulait encore lui pardonner. Mais elle s'est confiée à une de ses amies. Elle n'a pas pu supporter. Et c'est là que le plan machiavélique s'est mis en marche. Une vengeance horrible.

Clara laissa entrevoir un léger rictus. Elle semblait presque prendre plaisir à raconter cette histoire.

– Figurez-vous que les deux femmes ont des amies et amis homosexuels. D'ailleurs, je ne veux pas trop m'avancer, je n'en suis pas sûre, mais je crois que Léa s'est longtemps « cherchée ». Parmi ses amis, certains pratiquent le *barebacking*. Ça vous dit quelque chose ?

– C'est un mot un peu barbare…

Le « non » de Mélissa mis plusieurs secondes à sortir de sa bouche arrondie par l'étonnement. La grande rouquine reprit aussitôt.

– Le *barebacking*, c'est à l'origine un mouvement venu des US, qui prône la pratique du sexe sans moyens de protection. En français, la traduction pourrait être « chevauchée à cru… ». Des irresponsables qui n'aiment pas les préservatifs, qui incarneraient une certaine honte du sexe. Le hic, c'est quand cette pratique touche les gens porteurs du virus ou atteints par le sida. Il y a ceux qui le propagent alors sans le savoir, ou ceux, des monstres, qui sont conscients de leur maladie mais répandent le poison volontairement. Une sorte de vengeance sur le destin, ou sur le hasard…

Mélissa dut s'asseoir pour encaisser. Elle voulait dire quelque chose, mais elle ne savait pas quoi. Elle fixait Clara dont le visage devenait de plus en plus énigmatique.

Elle tenta :

– Vous ne voulez pas réveiller Léa, qu'elle nous en parle un peu elle-même ?

Clara esquiva, poursuivant, sans relâche.

– Léa et son amie ont organisé une soirée spéciale, avec des *barebackers,* dont deux filles séropositives. Elles y ont convié Ademoah, et lui ont même proposé de faire venir son copain, le Lyonnais. Lui n'a pas pu venir à cause d'une histoire d'avion cloué au sol. Ça lui a sauvé la vie. Sans le savoir, Michaël Ademoah a couché avec des porteuses du virus. Et plusieurs fois. Il s'est éclaté comme un petit fou. Elles, elles étaient conscientes de ce qu'elles faisaient. Si Ademoah a eu le HIV, c'est ici, en France, à Arcachon, et non pas en Afrique comme certains ont voulu le faire croire. Ça me fait rire, les gens sur notre bonne petite terre hexagonale qui pensent que nous sommes désormais épargnés par cette saleté de virus. Ils croient même qu'il existe un vaccin opérationnel… N'importe quoi. Les vaccins, c'est encore à des années lumières ! Les malades du sida en France se comptent par dizaines de milliers ! Des gens meurent, ici, là… À Bordeaux, aussi !

Au moment où Clara terminait sa phrase, appuyée de gesticulations, Mélissa entendit un léger bip émaner de sa poche. Le dictaphone semblait signaler son extinction par manque de batterie. Elle se sentit rougir. Elle observa son interlocutrice qui ne semblait pas avoir entendu. Mélissa glissa doucement la main dans le revers de sa veste pour tenter de rallumer discrètement l'appareil enregistreur, et bénéficier du petit bonus temps que son outil lui accordait parfois, après s'être éteint. Il tournait de nouveau. En même temps, la reportrice lâcha :

– Mais pourquoi est-ce que je vous croirais ? Comment avez-vous pu savoir tout ça ?

Un large sourire vint se figer sur le visage de Clara. Son percing sur la langue, son maquillage noir qui étirait ses yeux vers un regard plus animal : tout contribuait désormais à transformer l'impression d'un océan de quiétude en orage de cynisme. Presque une gargouille.

– Parce que je suis une irresponsable !

Clara partit dans un énorme éclat de rire.

Mélissa avait le faciès des jours graves. Ceux où l'on apprend un décès.

Clara ne s'arrêtait plus :

– Parce que je me fous de tout, parce que je vais crever un de ces quatre et parce que je veux faire crever tous ces enfoirés de mecs qui choppent cette saloperie de merde de maladie et qui la propagent parce qu'ils sont incapables de maîtriser leur queue !

Mélissa n'en revenait pas, que cette femme si posée, si calme, si « classe » puisse se transformer à ce point.

Clara renchérit :

– Allez-y, écrivez ça quelque part si vous le voulez. Je n'en ai rien à taper. Marre de la survie. Marre de mourir à petit-feu. Mais surtout, qu'on ne touche pas à mon bébé, à ma Léa !!! C'est mon amour, vous comprenez ? C'est notre amour !

Il y eut un long silence. Il fut interrompu par le son lourd d'une chose tombant sur le pont du bateau. Puis des bruits de pas. Quelqu'un venait de monter à bord.

Les traits de Clara étaient désormais semblables à ceux d'une sculpture infernale. Elle rit de nouveau, jaune, avant de cracher sa victoire au visage de Mélissa :

– Je suis celle qui a poussé Ademoah à coucher avec des filles séropositives, dont je fais partie ! C'était un fumier ! Léa n'est pas au courant, soyez-en sûre. Elle voulait encore l'épargner. Elle croit qu'il est devenu séropositif en Afrique. La pauvre enfant. Il nous l'aurait enlevée ! Il nous l'aurait tuée !

Un moteur se mit en route. Mélissa se retourna. Au travers du hublot, malgré la condensation, elle vit un homme, pantalon noir, ciré jaune, bonnet noir rivé sur le crâne, s'atteler à quelques manœuvres. Le bateau commençait à s'écarter du bord. Les amarres étaient déjà détachées. La jeune reportrice s'apprêtait à bouger. Clara bondit et lui saisit les deux poignets, en faisant pression pour que Mélissa ne puisse se lever.

– Qu'est ce que vous me voulez ? cria-t-elle.

– Ne t'inquiète pas ma belle, et écoute-moi.

– Lâchez-moi !

Le vrombissement du moteur couvrait ses cris. Le bateau était déjà à plusieurs longueurs du rivage. Après quelques secondes, l'homme lâcha la barre pour entrer dans le cockpit.

– Tu ne le reconnais pas ? C'est Norbert, il est comme mon frère depuis nos souffrances communes des chambres d'hôpital. Les traitements, ça crée des liens. C'est un charmant garçon, certes un peu rustre, qui t'a déjà rendu visite. Et oui, Léa nous avait tout raconté après t'avoir parlé. On s'est dit que ce n'était quand même pas génial que tu déballes tout. Que tu cites notre Léa, notre amour, notre raison de continuer à vivre. Elle, on veut la préserver de cette putride humanité. Alors on a récupéré tous tes documents !

– Désolé pour ton chat, lança l'homme d'une voix grave. J'aime pas les chats. Ça pue. Mais cette fois, je vais m'occuper de ta chatte pour de bon !

Clara et Norbert éclatèrent de rire, un rire effrayant, pendant que l'ostréiculteur ligotait Mélissa, horrifiée, avec des cordages marins. Elle se débattait, elle criait, en vain.

– On va te préparer une jolie surprise. Bientôt, tu pourras vraiment connaître ce que l'on vit lorsque l'on est séropositif ou malade du Sida, dit Clara. Elle poursuivait :

– Tu vois, moi, comme toi, je ne l'ai pas choisi. Un jour, mon salopard de mari, qui baisait la terre entière, m'a refilé sa merde. Et voilà la mort en moi. Le dégoût des hommes m'a poussé vers les femmes. Comme toi bientôt, ma belle, je sais que je peux crever. Quant à Norbert, lui, il a été transfusé à une époque où il ne fallait pas.

– Pourquoi vous me faites ça ? Je ne dirai rien, laissez-moi ! hurlait Mélissa.

L'embarcation tanguait, secouée par les mouvements de lutte.

Sur le bord du petit port de l'Herbe, la Renault Laguna de Boulanger et de Claroux se gara en travers. Ils manquèrent de finir tout droit dans l'eau si quelques billots de bois n'avaient pas été placés là en garde-fou. Les deux hommes échangèrent un regard, que Boulanger accompagna d'un « eh merde ! ». La voiture de Mélissa Marchand était là, vide.

À l'aide de son couteau, Norbert était en train de tailler le pantalon de Mélissa.

« Noooooooon, pitié », implorait-elle. Elle se mit à pleurer.

De sa voix narquoise, Clara en rajoutait :

– Tu verras qu'une fois son pénis en toi, tu n'imagineras plus la vie de la même façon. Il y aura peut-être un joli virus microbien qui viendra te rappeler nos souffrances au quotidien.

L'homme se mit à brailler.

– Tu veux m'embrasser ? Tu me repousses. Tu as peur ? Tu as raison, je suis un danger.

Les deux policiers se précipitèrent vers une embarcation, montrèrent leur carte au pêcheur qui leur indiqua le bateau en bois, *Joséphine de Beauharnais*, celui qui venait juste de partir du port. Claroux et Boulanger s'installèrent à bord de l'esquif et démarrèrent le moteur.

Norbert venait de défaire sa ceinture. Comme une harpie, Clara s'agitait autour de Mélissa, lui écartant les jambes en faisant pression sur ses chevilles.

Le bateau à moteur des deux policiers était encore à une bonne trentaine de longueurs de la vedette, qui, sans pilote, s'approchait des parcs à huîtres.

Les muscles tendus, le sexe en érection, Norbert se préparait à pénétrer la jeune femme, lorsqu'il reçut un énorme coup derrière la tête. La théière en fonte, remplie d'eau brûlante, lui déchira le cuir chevelu et l'assomma illico. Léa Serce s'était réveillée grâce aux cris de Mélissa. Les cheveux hirsutes, les yeux rouges, elle se rua sur Clara, et lui infligea un déluge de gifles.

– Tu as fait çà !? Tu as fait ça !? Tu es un monstre !

Sans réaction, Clara tentait de la raisonner :

– Ma chérie, ma chérie, c'est parce que je t'aime, je voulais te protéger, je voulais le meilleur pour notre amour.

Léa se mit à tirer les cheveux de Clara. Elle la frappa jusqu'au sang.

– Je ne t'aime pas ! Combien de fois faudra-t-il que je te le dise ! Je ne t'aime pas ! Et lui non plus. Vous m'étouffez ! Vous êtes cinglés !

Léa criait de plus en plus fort. Clara, le visage tuméfié, était désormais prostrée sur le plancher du bateau.

– Mais qu'avez-vous fait bande de salopards ? cria Léa, devenue à moitié hystérique.

En larmes, Léa tentait de détacher Mélissa.

Clara s'était relevée. Elle saisit une paire de ciseaux.

Un choc fit vibrer le bateau.

– Police ! Claroux avait sauté le premier à bord, Boulanger restait à la manœuvre.

Pistolet au poing, l'inspecteur passa les menottes à l'homme au sol, dont le crâne ruisselait d'un filet rouge. D'une main, il détacha Mélissa. De l'autre, il tenait Clara en joue. Elle se jeta sur Léa. Une détonation déchira l'atmosphère. Clara s'écroula sur le sol, recroquevillée, le genou explosé par la balle.

Claroux dirigea son pistolet vers Léa, qui leva les mains.

– Je suis désolée, je n'y suis pour rien ! cria-t-elle. Ils ont envahi ma vie.

Boulanger passa sa paire de menottes à Claroux pour attacher Léa Serce.

En sanglots, choquée, Mélissa ne pouvait parler.

– Et merde…

Boulanger quitta le petit bateau pour prendre les commandes du plus gros et le ramener au port. La gendarmerie arriva rapidement. Mélissa partit sans un mot dans l'une des deux ambulances.

*****

Quelques jours plus tard

– Monsieur Perlon ?

– Oui, commissaire.

– Nous avons retrouvé trace des fameux « joueurs de poker », les amis de Desendorf. Et devinez quoi ? Nous avons retrouvé la carte bancaire débitée. Elle appartient à un compte professionnel d'une société viticole appartenant à Jean-François Atché, destinée à financer notamment le carburant de l'avion du club, sous une forme de *sponsoring.* C'est le directeur du club qui la conserve. Et en remontant plus loin, ça nous mène aux adresses IP de quatre ordinateurs d'un bureau du centre de formation du club de Bordeaux... Elles étaient pourtant bien protégées. Je crois qu'il nous manque des pièces du puzzle, et que vous allez nous éclairer.

– Vous savez, avec tout le respect que je vous dois, je ne suis pas une balance, Julienne. Je vous conseille une chose :

achetez la presse demain matin. Il devrait y avoir un article signé Mélissa Marchand qui vous permettra de ramasser les coupables. Elle aura toujours eu un petit wagon d'avance, laissez-lui au moins ça, avec tout ce qu'elle a subi…

Perlon imaginait la commissaire hésiter à l'autre bout du fil. Puis il sentit dans sa voix un sourire.

– O.K., alors, *coach,* j'attendrai demain. On va de toute façon convoquer M. Gravet. Bonne chance pour la suite. Mais ne partez pas trop loin, on risque d'avoir besoin de vous entendre.

– Je ne suis au courant de rien…

Le soir venu, trois jours après sa sortie de l'hôpital, Mélissa put enfin s'asseoir à une table et dîner avec Perlon. La jeune reporter avait le teint blafard, sans son énergie habituelle.

– J'essaie d'appeler Atché depuis plusieurs jours, mais aucune réponse. Je crois qu'il a oublié qu'il me connaissait bien, enfin, surtout mes parents. Normal, avec la lettre du doc. Il doit avoir du mal à la digérer. Merci de me l'avoir donnée.

– Je n'oublie pas que c'est en partie de votre faute si Etchegarray s'est suicidé. Vos articles l'ont miné. Pour ça, je vous en veux. Je vous en veux de faire ce métier.

– Vous m'en voulez de vouloir exposer la vérité !? De vouloir dire que le football n'est pas un sport toujours exemplaire ? L'opium du peuple ne doit pas être ébranlé, c'est ça ?

Perlon ne répondit pas. Il baissa les yeux.

– J'avais vraiment confiance en ce bonhomme, souffla Perlon. Faites le jour sur ce qui s'est passé. Que le doc ne soit pas le seul accablé.

– Moi aussi, je me suis trompée. Mais je suis contente finalement qu'Atché ne me réponde pas. Je n'ai pas envie d'avoir de rapports destructeurs avec lui. Et puis, qui sait comment j'aurais réagi, si j'avais dû protéger ma fille d'un quelconque danger.

– Et le jeune Nicolas de Saint-Élis, il est mouillé ?

– Non, je ne crois pas. D'après la police, les seuls échanges qu'il ait eus avec Ademoah, c'était pour lui trouver un appartement, à son arrivée. La famille Saint-Élis n'a rien à voir dans tout ça.

Pierre et Mélissa avaient convenu de boucler le dossier de la jeune reportrice. Perlon n'apparaîtrait à aucun moment. Mélissa écrirait même qu'elle estimait l'entraîneur étranger à cette affaire. Perlon préférait passer pour une truffe plutôt que pour un donneur. Mais il lui raconterait tout, lui permettant de terminer le puzzle, sans qu'une pièce ne manque.

Las, Pierre Perlon et Mélissa Marchand se quittèrent par une bise, ce soir-là. Non sans échanger quelques projets d'avenir. Mais quelque chose s'était cassé. Mélissa bouclerait cette dernière enquête pour *Aquitaine Éclair*, avant de certainement tenter sa chance à Paris. Perlon évoquait un mini-tour d'Europe, pour voir ses fils.

Ils se regardèrent longtemps dans les yeux, avant d'échanger, simultanément :

– À bientôt.

*****

Scandale à Bordeaux

Le président du club viré et incarcéré, un groupe de barebackers *internés.*

Durant quelques jours, *les médias* s'en donnèrent à coeur joie. L'histoire révélée par Mélissa Marchand avait fait le tour de l'Europe du football.

En finissant de lire un énième article de Mélissa, Perlon posa le journal. Il leva la tête et s'adressa au jeune Irlandais, venu lui rendre visite.

– Je suis désolé de te quitter ainsi Joshua. Quand je suis venu te chercher en Irlande, je n'imaginais pas devoir partir quelques semaines plus tard. Mais je vous assure, à ton frère et toi, que le nouvel entraîneur est quelqu'un de très bien. Il va bien prendre soin de toi, de vous.

– Vous ne voulez pas rester un peu, *coach,* puisque les dirigeants vont être virés ?

– Tu sais, ça deviendrait très dur de rester ici. Je ne sais pas si j'aurai encore la foi.

– Je comprends *coach,* je comprends. Mais comment je vais progresser moi ? Et vos belles paroles ? Et si le prochain entraîneur ne m'aime pas ? J'avais confiance en vous *coach.*

Ces derniers mots blessèrent profondément Perlon.

Juste derrière, Bud, ne comprenait pas. Ne le digérait pas. Il le faisait comprendre en ruminant : *« Only promise ! »*

Perlon dévisagea Bud, le regard perdu.

– Ne me jette pas de bouteille au visage Bud !

Les deux Irlandais esquissèrent un léger sourire.

– *Coach,* j'ai encore une question.

– Oui Josh ?

– Ademoah a été assassiné ?

– Oui, en quelque sorte.

– Mais pourquoi, par qui ?

– Eh bien, c'est complexe, Joshua. À ton avis ?

– En premier, je dirais que c'est l'Allemand, Desendorf… Il y a aussi Erila, l'agent, qui a fourni des produits dopants. De la merde ça *coach.* Promis, je n'en prendrai jamais.

– Je compte sur toi Josh !

Bud fit les gros yeux à Joshua, comme pour mieux insister sur cette dernière réplique. Il devenait un brin paternaliste. Le plus jeune des McKinney relevait le défi du regard de son frère.

– De toute façon, avec Quasimodo sur le dos, je ne pourrai jamais !

Bud et Perlon se mirent à rire.

Joshua reprit :

– Et surtout, il y a aussi ces gens, les barebackers. Eux, ils ont trop craqué. Des vrais fous…

Crazy ! Crazy ! Crazy !

Perlon enchaîna :

– Ademoah s'est aussi conduit lui-même vers le cercueil en prenant toutes ces saloperies. Drogue, alcool, produits dopants…

– Et les gens du club, *coach ?*

- Ils sont coupables, d'avoir pensé à leurs intérêts plutôt qu'à celui du joueur. Ils ont entraîné Ademoah vers la mort.

– Et la journaliste ? Elle est aussi coupable, non ? Elle déballe tout, accuse une première fois le doc, qui se suicide, puis les patrons… Elle dit trop de choses, non, *coach ?*

Perlon était embarrassé.

– Elle a beaucoup souffert. Elle a été violentée. Et en ce qui concerne les patrons, elle n'a dit que la vérité. On ne peut pas laisser des gens comme ça diriger un club. Pour le doc, elle n'avait pas tout à fait tort… Comme de nombreux journalistes, elle est allée un peu vite. En connaissant un peu plus le passé d'Etchegarray, elle aurait peut-être évité ses mots si durs envers lui. La vérité est parfois difficile à entendre, mais elle est nécessaire.

– Comme lorsque l'on m'a avoué que Bud était mon frère ?

Joshua dut reculer pour éviter de se faire attraper par Bud. Ils étaient l'un et l'autre d'un côté de la table. Perlon riait.

– En fait, qui a tué Ademoah, *coach ?* Le monde du foot *coach ?*

Perlon eut un sourire de compassion. Il ne répondit pas.

Il lui donna une grande accolade. Il serra très fort la main de Bud. Les deux Irlandais s'éclipsèrent. Perlon avait préparé deux sacs de voyage.

Une fois installé dans son Audi, il enclencha la musique, et *The Miracle (Of Joey Ramone)* de *U2* résonna. Pierre regarda machinalement son téléphone. Il avait un message.

« Allô, c'est Kirstin. Dis, la pension, tu vas me la payer cette année ? »

Remerciements

Merci à Nicolas Delage, Richard Place, Didier Pourquery, Stéphanie et (cdt) Philippe Esselin, Antoine Tinel, au Docteur Philippe Claroux, à Françoise, Francis et Fabien Courtet, Alain Goujon, Erika ma mère, Jean-Louis Aigu, Jimmy Gorgeous, Jim et John Cassepeigne et à ma Lulu pour leurs précieux conseils. Merci à ma femme Ludivine et à nos enfants William et Victoria, pour le bonheur qu'ils m'apportent.

Mise en page et suivi de fabrication
Atelier Graphique Cairn
Achevé d'imprimer en avril 2015
par GN Impressions (127999)
pour le compte des Éditions Cairn
29, rue Carrérot - 64000 Pau
Tél. : 05 59 27 45 61 Fax : 05 59 98 84 89
editions-cairn@wanadoo.fr - www.editions-cairn.fr
Dépôt légal : avril 2015